KB104739

아다치와 시마무라
9
이루마 히토마 지음

011 1장 'YOUNG시마 호게츠'

047 2장 'AKIRA'

109 3장 'TAEKO'

145 4장 '템페스트 ~벚꽃성탄첩(桜花聖誕帖)~'

185 5장 '맺고 끊지 않은 관계니까요.'

CHARACTER

가후지

정육점을
하며,
을 썼고
이 크다.
하고는
원 시절부터
사이.
를 깊이
한다.

야시로

자칭 우주인.
지구에는 동포를
찾으러 왔다는
모양이다.

"…그건 그렇고."
나는 계속 시마무라만 생각하는구나. 새삼스럽게 그런 사실을
시마무라는 하루에 얼마만큼이나 날 생각해 주고 있을까.
5분일까? 10분? 기분이 좋으면 한 시간 정도는 생각해 줄 거
그런데 시마무라는 한 시간이나 나를 생각할 정도의 내용이 없
자신의 손끝이 얄팍하게 보였다. 나는 시마무라 앞에 있으면
말을 더듬거리거나, 눈을 이리저리 돌리거나, 시야가 흐릿해지
하는지 자신도 알 수 없게 되거나… 얄팍하지는 않을지도 모른
하지만 혼란스러워하는 그 모습을 두텁다고는 할 수 없다.
조금 더 침착하게 시마무라를 대하는 모습을 목표로 삼는 게 좋

히노
나가후지의
소꿉친구로,
활기차고
밝은 성격이지만
명문가의 아가씨.
여러모로 복잡한
가정인 듯하다.

깨달았다.

다 기대해도 좋을까?
을 듯했다.
체로 긴장을 해서…
거나, 무슨 말을
다.

을 듯했다.

시마무라
아다치와 사귀게 된,
종종 수업을 빼먹는
여고생.
남에게 별로
흥미가 없었지만
아다치에게는
관심이 간다.
아다치
시마무라에게
자신의 마음이
전해져 같이
지낼 수 있게 돼
기쁜 여고생.
시마무라가
이전보다 더욱
자신에게 관심을
가져 주어서 기쁘다.

아다치의 세계는 매우 좁다.
하지만 그걸 무조건 단점이라고는 할 수 없다.
세계가 좁으면 정리하기 쉽고,
조망하기 쉬우니,
그래… 완벽할지도 모른다.
결여되어선 안 될 무언가가 하나뿐인 세계라면
틀림없이.
그 하나가 나라니,
쑥스러워 나는 코를 훌쩍였다.
겨울이 동네 위를 가볍게 뛰어 지나갔다.

이루마 히토마 지음

eXtreme novel

1장 ‘YOUNG시마 호게츠’

"아, 시마무라 선배다."

학교에서 집으로 돌아가는 길에 누가 이름을 불러 무슨 일인가 하고 뒤를 돌아보니 자전거에 탄 후배가 있었다.

걸음을 멈추자 겨울바람이 허벅지 뒤를 때려 얼마나 추운지 절로 실감했다.

"오, 후배."

안녕하세요. 중학교 시절의 후배가 손을 들고 인사했다. 정확하게는 농구부의 후배다.

이름은… 글쎄, 뭐였더라? 나는 아무래도 사람 이름을 잘 외우지 못하는 모양이다.

분명히 '야마(山)'가 붙었는데. 야마…카와. '카와(川)'는 좀 아닌 것 같네. '다(田)'나 '나카(中)'… 후배다.

"선배네 집이 이쪽이었던가요?"

"응."

교복을 보고 다른 고등학교란 사실을 알았다.

"선배는 고등학교에서도 농구 하시나요?"

"아니. 아~무것도. 동아리 자체를 안 해."

"그런가요. 저는 어쩌다 보니 계속하고 있어요. 별로 열심히 하진 않지만요."

"그렇구나."

농구를 선택한 이유는 야구나 축구에는 여자부가 없는데 농구에는 어쩐지 여자부가 있어서 흥미가 생겨서였다. 배구를 해도 상관없었지만, 견학을 하는 중에 공을 바닥에 튕겼는데 혼나지 않아 마음에 들었다. 보통 실내에서 공을 바닥에 탕탕 튕기면 주의를 받는다.

하지 못하는 일을 할 수 있다는 점이 결정적인 이유였다.

지금에 와서는 참 이상한 기준으로 선택했다는 생각이 든다.

지금은 하라고 해도 졸려서 싫다며 도망칠 것 같다.

그건 그렇고 키가 많이 컸다고 생각하며, 나는 후배의 머리를 멍하니 올려다보았다.

"키 많이 컸네."

생각을 그대로 말하자, 후배가 '그러네요, 하하하'라고 적당히 대답하며 웃었다.

"선배는 좀 둥글둥글해지셨네요?"

후배가 자전거 안장을 쥔 채 그런 지적을 했다.

"그런가?"

"옛날에 선배는 후배가 건방진 소릴 하면 무작정 발로 차 버렸으니까요."

"거짓말하지 마."

그렇게까지 폭력에 의지할 수 있을 정도의 배짱은 없다. 사실 인간을 때리려면 강한 의지가 필요하다.

물렁물렁한 나는 절대 할 수 없는 일이다.

"그런데 마음에 안 드는 후배한테는 제대로 패스도 안 했죠?"
"그건 그랬을지도…."
우물거리고 말았다. 부끄러운 과거니 별로 언급하지 말았으면 한다.
"분위기가 많이 바뀌었는데, 좋은 사람이라도 생겼나요?"
"뭐?"
"이거요, 이거."
후배가 생글생글 웃으며 엄지를 들었다.
"지금 싸움 걸어?"
"앗, 잘못 들었네요. 어떤 손가락이었더라?"
이거? 아니면 이거? 후배가 손가락을 하나씩 들었다. 약지만 들 수도 있다니 손재주가 좋네.
나도 시도했지만 손가락이 부들거렸다.
그거야 어쨌든 후배가 뭘 묻고 싶은지는 알아챘다.
"아… 그런 질문이었구나?"
여친이라면 생겼어. 그런 말을 하면 후배는 눈을 휘둥그렇게 뜨게 될까?
"조금 어른이 돼서 그런 게 아닐까?"
"그렇구나~"
후배가 건성으로 감탄했다. 감탄했다? 한 것 같다.
바람을 맞은 다리를 타고 전해지는 추위에 몸을 떨자 후배가 배려를 해 주었다.

"그럼, 안녕히 가세요."

"응. 잘 가."

손을 흔드는 후배와 헤어졌다. 뭘 좀 아는 녀석이다. 동아리 활동 중에도 꽤 이야기를 많이 했던 기억이 난다.

그러니까… 나카야마(가칭).

"결국 어떤 손가락이었던 걸까…."

그렇게 중얼거리는 소리가 휘몰아치는 바람과 함께 들려왔다.

언젠가 또 만날 기회가 있으면 알려 주자. 더는 만날 일이 없겠지만.

행동 범위가 좁아서 가끔 이렇게 스치듯 지나가는 일도 있다. 실제로는 더 많을지도 모르지만 서로 못 알아보는지도 모른다. 태도가 별로 안 좋아서 잘 따랐던 후배나 친했던 동급생이 매우 적기 때문이다.

"그때는 젊었지."

초조해 하며 쉬지 않고 움직였지만, 지금보다는 의욕이 넘치는 편이지 않았을까.

아다치는 동네를 걸어 다녀도 이런 일은 없을 거라고, 들은 이야기를 종합해 상상해 보았다. 아다치의 세계는 매우 좁다. 하지만 그걸 무조건 단점이라고는 할 수 없다. 세계가 좁으면 정리하기 쉽고, 조망하기 쉬우니, 그래… 완벽할지도 모른다.

결여되어선 안 될 무언가가 하나뿐인 세계라면 틀림없이.

그 하나가 나라니, 쑥스러워 나는 코를 훌쩍였다.

겨울이 동네 위를 가볍게 뛰어 지나갔다.

"퍼~억."

생각에 잠긴 채 걷는데 일부러 어깨를 부딪치는 녀석이 있었다. 조금 비틀거리면서 바로 상대를 확인했다.

"시마시마 동배(同輩)잖아."

천연덕스럽게 놀라는 사람은 나가후지였다. 부딪쳐서 옆으로 어긋난 안경을 원래 위치로 되돌리고 있었다.

집 근처에서 만나다니 웬일일까.

"봤어?"

"어깨를 부딪쳐서 말다툼하는 장면만."

"부딪친 적 없잖아."

얘 눈에는 대체 뭐가 보이는 건지. 안경을 쭉쭉 위로 올리고 있는데 도수가 맞지 않는 건지도 모른다. 그 이전의 문제일지도 모르지만.

그런데 나가후지가 혼자 돌아다니다니 아주 드문 일이다. 그런 시선이 느껴졌는지 나가후지가 몸짓 손짓을 섞으며 설명해 주었다. 손으로는 옆에다 히노의 윤곽을 그렸다. 에어 히노다.

"집에 볼일이 있다며 히노가 날 휙 버렸어."

"불법 투기는 하면 안 되지~"

적당히 받아넘겼는데 나가후지가 '맞아맞아' 하며 동의했다. 무슨 의미인지 잘 이해가 안 된다.

그건 그렇고 집에 볼일이라. 히노는 그런 일이 많다. 평소에는 본인의 성격 탓도 있어 의식하지 못하지만, 히노네 집은 생활수준이 우리와 비교하면 세 단계, 네 단계 정도는 다르다. 집안 사정으로 인한 속박도 많이 있는 거겠지. 나가후지는 그러든 말든 신경 쓰지 않으며 히노네 집에 놀러 가는 모양이지만.

"그래서 한가하니 어슬렁거렸어."

"그런 사고 회로는 정말 나가후지다워."

목적을 깊이 생각하지 않고 움직인다고 하면 될까. 주택가를 어슬렁거리는 일이 재미있는지는 제쳐 두고.

"찌링찌링~"

나가후지가 타고 있지도 않은 자전거의 벨을 울렸다. 울리지 않았다. 왜 내 후배를 흉내 내는 걸까. 이어서 감상도 따라 했다.

"둥글둥글해졌네."

"어디가?"

"음~"

나가후지가 내 위팔을 쥐었다. 야.

"별로 그렇지도 않네."

"이얏호."

"무엇보다 난 예전의 시마~를 몰라."

그럴 줄 알았어.

"시마마는~"

"소박한 의문인데 넌 내 이름 아는 거 맞아?"

"시맛치는~"

날 '시마 씨'라고 생각하는 게 아닐까?

"음~움~ ……할 말이 없어."

"야호~"

이렇게 의미 없는 대화가 또 있을까. 히노는 이런 녀석을 매일 상대해 주는 건가.

뭐, 유익한 대화라는 건 어떤 걸까 생각도 들지만.

나도 아다치와 하는 이야기라고 해 봐야 별것 없기도 하고.

"다음에 뭔가 생각나면 또 얘기할게."

"그렇게 하시겠습니까."

무심코 후배와 겹쳐 보고 말았다. 그리고 나가후지는 타박타박 걸어 떠나갔다.

"앗, 깜빡했다. 시마마마야~ 잠깐만~"

거리를 두고 나가후지가 또 이름을 바꾸어 불렀다.

"왜~?"

"예~이!"

힘차게 엄지를 들어 올렸다. 잠시 망설이다 "예이!"라고 하며 나도 엄지를 들었다.

나가후지는 만족스럽다는 듯이 고개를 끄덕이더니, 이번에야말로 가벼운 발걸음으로 멀어져 갔다.

"대체 뭐였을까…."

천진난만하다고 보면 될까. 조금 뉘앙스가 다른 것 같기도 하다.

중학교 시절에 만났으면 엄청 싫어했을 거라 생각한다.

저렇게 까부는 행동을 아주 싫어했다.

지금은 물렁물렁한 시마가 됐다는 자부심이 있어서, "호호호." 하고 웃기만 했다.

그건 그렇다 치고, 뭐라고 하면 좋을까.

"지쳤어."

사람과 만나면 칼로리를 대량으로 소비한다. 그런데 둘이나 만났다.

이런 핼쑥한 감각과는 달리 몸은 전혀 소모되지 않았다.

마치 뭔가를 참아 내다 의식이 멀어진 것처럼 고개를 숙였다.

쌓인 눈 아래에서 살짝 숨을 내쉬는 듯한 나에게도 가차 없이 차갑고 진흙 같은 겨울이 찾아왔다.

시적으로 표현했지만 다시 말해 기온이 낮아서 잠이 왔다. 그런 의미였다.

움직임이 너무 나빠져서 마치 변온 동물이 된 기분이다.

집에 돌아와 교복을 갈아입는 동안에도 "으으, 추워." 하고 중얼거리는 시기가 되었다. 난방은 좀처럼 일을 제대로 하지 못했다. 그런 점은 방의 주인과 안 닮아도 된다. 주변을 보니 여동생의 책가방은 책상 위에 있었지만 본인은 보이지 않았다. 그러고 보니 수조를 씻는다고 했던 것도 같다.

물이 굉장히 차가운데도 불평 한마디 없다니, 내 여동생이지만 참 대단하다.

"응, 착해. 참 착해."

본인이 없는 곳에서 마구 칭찬했다. 그리고 부르르 몸을 떨었다.

몸을 떠는 김에 그런다는 듯이 전화가 부르르 떨렸다. 아다치라고 예상하고 확인해 보니 정확히 맞았다.

학교에서 헤어지기 전에 말을 많이 했을 텐데. 그런 생각도 들었지만 나중에 할 이야기가 생각나기도 한다.

"무슨 일일까."

[크리스마스에 뭐라도 하자.]

막연한 희망이었다. 크리스마스. 날짜를 확인하니 정말 의외로 얼마 안 남았다.

[좋아.]

대답하면서 아다치와 맞이하는 크리스마스도 두 번째구나 하고 예전 일을 생각해 보았다. 파란색이 떠올랐다.

[이번엔 어떤 옷을 입고 올 거야?]

요즘엔 차이나드레스를 입은 아다치를 보지 못했으니 약간이지만 또 보고 싶기도 했다.

[어떤 옷이 좋아?]

아다치는 부탁하면 대체로 어떤 옷이든 입어 줄 것 같긴 하다.

"……………………."

…방금 엄청난 모습을 상상하고 말았다. 제안만 해도 아다치는 진심으로 받아들일 수 있으니 자제했다.

[평범한 복장이면 되지 않을까?]

그런 메시지를 보내고 일단 전화를 내려 두었다.

"자, 그러면."

그리고 난방으로 방이 따뜻해지기 전에 조금 추우니 이불에 들어가 몸을 녹이려 했는데, 그러면 무슨 일이 벌어질지는 불 보듯 뻔한 일이었다. 알면서도 파고 들어간다.

"쿠울."

완전히 따뜻해지기 전에 의식이 둥실거리며 멀찍이 날아가 버렸다.

체감상으론 눈을 깜빡거린 시간밖에 지나지 않았다.

눈을 뜨고 시간을 확인하기 전에 배 위에 뭔가가 올라가 있다는 사실을 깨달았다. 남의 배를 베개로 삼고 잠을 자는 녀석이 있었다. 그것도 엎드려서.

푹 엎드려 있으면 자기 힘들지 않을까? 이 사자.

"쿠울쿠울."

전형적인 숨소리가 들려왔다. …일어나 있나?

"거기 이상한 생물."

"저 말입니까?"

말을 걸자 야시로가 곧장 고개를 들었다. 조금 자각은 있었구나 싶어 감동할 뻔했다.

"우리 집에선 네가 제일 신기해."

우리 집 식구로 인정해 버렸다. 계속 집에 있으니. 얼마 전엔 엄마가 이 녀석이 먹을 간식까지 사 오기도 했고. 엄마는 이 녀석이 꽤 마음에 든 모양이었다. 말하고 웃으며 졸랑거리는 강아지처럼 생각하는 게 아닐까. 그게 조금 빛이 나기도 하고 잘 먹기도 할 뿐이다.

'집 어디야? 라고 물었는데 우주라고 대답해서 보내지 않고 그냥 포기했어. 좀 머니까.'

'어? 그런 문제야?'

'그 외에 무슨 문제가 있어?'

'많이 있잖아.'

'나쁜 사람인지 아닌지야 얼굴을 잠깐 보면 알 수 있는 법이야.'

'사람은 겉모습…만 보고도 알 수 있을지도 모르지만.'

'앗, 이건 나쁜 짓을 하는 사람의 얼굴이야!'

'엄마랑 닮았다는 소리 꽤 많이 듣는데.'

그런 느낌이었다. 아빠도 스쳐 지나가며 인사를 한 다음 '우리 집에 항상 있는 것 같네'라고 한마디 하고 끝이다. 이렇듯 우리 집은 다들 엄격하지 않다.

"야무진 사람은 나 혼자뿐인가."

"하하하하하."

왜 그렇게 웃어?

"그런데 왜 사람을 베개 삼아 자고 있었어?"

전혀 희귀한 일은 아니지만. 문득 보면 계단 아래에서 잠을 자기도 하니 마치 고양이 같다.

강아지였다가 고양이였다가 사자 잠옷을 입고 있기도 하고 참 바쁘다.

"따뜻해 보여서 그랬습니다."

"따뜻… 요 녀석."

남의 배가 따뜻해 보이다니 그게 무슨 말이냐고 하면서 야시로의 뺨을 잡아당겼다. "후호호." 야시로는 뺨을 잡아당겨도 무사태평하게 웃었다. 야시로의 살결은 언제나 그렇듯 서늘했다.

얼굴을 배에 대고 있었는데도 전혀 열이 없었다. 신기하다.

이건 내 배에 온기가 없기 때문이 아닐까 한다. 아마도.

"미니 씨와 놀려고 했는데 저는 나중에 돌봐 준다고 합니다."

뺨이 늘어난 상태로 야시로가 설명해 주었다. 돌봐 준다고 해도 되나? 괜찮을지도?

그런데 정말 새삼스럽지만 미니 씨가 뭐야. 우리 동생 이름하고는 한 글자도 안 스치는데.

뺨을 놓자 야시로의 얼굴이 곧장 원래대로 돌아갔다. 사자 후드를 벗기자 물색 머리카락이 드러났다. 이렇게 빛나는 머리를 가까이에서 보다니, 생각해 보면 아주 드문 일인지도 모른다.

"그럼 한 번 더."

"그러지 마. 이불 속이 더 따뜻해."

한 번 더 남의 배에 엎드려 누우려고 하는 야시로를 제지했다.

"오오, 그렇습니까."

야시로가 뒹굴면서 이불 안으로 들어갔다. 데굴데굴, 하고 굴러서는 내 옆에 엎드렸다.

"따뜻하군요."

"내가 따뜻하게 덥혀 놨으니 감사하도록."

슬쩍 보니 난방의 전원은 꺼져 있었다. 잠깐 생각해 보고는 스위치 누르기를 깜빡했다는 걸 깨달았다.

점점 더 이불 밖으로 나가기 힘들어졌다.

멍하니 야시로를 바라보니, 둥실거리는 머리라 그런지 내 눈 주변까지 덩달아 둥실거렸다.

이걸 보면 아다치가 화낼까? 따뜻해서 늘어진 모습으로 그런 생각을 했다.

그렇지만 밖으로 나가기 싫었다. 그리고 야시로의 뺨이 흐물거리며 찌부러졌다. 보고 있으니 생각 자체가 귀찮아졌다. 나가후지와는 또 다른 느슨함이다.

“뭐, 상관없나.”

“우햐햐.”

야시로의 머리카락을 거칠게 쓰다듬었다. 손가락이 머리카락 사이를 빠져나갈 때마다 빛의 가루 같은 게 흩날렸다. 사실은 균이나 포자 같은 종류일지도 모른다. 이걸 들이쉬면 야시로에게 호의적이 되어 무심코 뭐든 용서하게 되는 것이다. 그런 설정을 방금 적당히 생각했다. 아마 아니지 않을까 한다.

“저녁 식사가 기다려지네요~”

“넌 정말 먹는 걸 좋아하는구나?”

“시마무라 씨는 자는 걸 좋아하는군요.”

“그러네요~”

둘 다 본능에 충실한 취미였다.

“젊을 때는 더 많이 놀아야 합니다.”

야시로가 여전히 느슨한 얼굴로 그런 야무진 소릴 했다.

"TV에서 그렇게 말했습니다."

"그럴 줄 알았어."

엄마랑 같이 TV 앞에서 뒹굴뒹굴하는 모습을 가끔 본다.

"시마무라 씨는 이제 젊지 않으신가요?"

"글쎄. 너보다야 그렇겠지."

"큭큭큭, 보는 눈이 없으시군요."

"아주 많다고 생각해."

상대보다 젊지 않다는 말은 칭찬이 아닌 것도 같다.

젊음이 다는 아니지만.

젊다는 건 뭘까?

"젊은 시마무라 씨는 어떤 지구인이었나요?"

"나의 젊은 시절이라."

아직 많이 젊은 편이라 생각하지만. 지구인이라는 말은 못 들은 셈 쳤다.

이불을 덮고 있으면 기억의 윤곽이 번져서 과거와 지금이 쉽게 들러붙는다.

떠올려 보면 이렇게 다정하지도 따뜻하지도 않았는데.

"중학생 시절엔……."

그렇기도 했고 이렇기도 했다.

적어도 지금보다는 많이 달랐던 듯하다. 맞아, 그랬었어. 나는 새삼 내 모습을 되새겼다.

중학생이 되어 모두 교복을 입고 체육관에 모인 모습을 보고 나는 매우 불쾌한 감정이 들었다. 두꺼운 공기의 벽에 닿은 듯한 저항에 정면으로 부딪쳤다. 그 감각의 이름을 깨닫지 못한 채, 휩쓸리듯이 나도 그 사람들의 일부가 되었다. 그렇듯 길고 따분한 시업식에서 길고 따분한 선생님의 이야기가 시작되었다.

체육관 안은 4월인데도 공기가 차가웠다. 나는 햇볕의 따스함도 빌릴 수 없는 어중간한 위치에 서게 되었다. 발밑에는 딱 농구 코트를 그린 테이프가 붙어 있어, 무심결에 그걸 밟았다. 그 선을 밟자 어째서인지 반동처럼 더욱 강한 반발심이 들었다.

단상의 선생님을 올려다보다가 잠시 후.

도망치자고 생각했다.

화장실을 가겠다고 거짓말을 하고 대열을 빠져나갔다. 왜 그러고 싶었는지도 모른 채, 예민해진 의식이 앞서 나는 좌우를 가르듯이 앞으로 나아갔다. 저항이 격렬했지만 멈출 수 없었다.

나는 혼자서 체육관 밖으로 나갔다.

그래, 혼자서.

초등학교 시절 친하게 같이 놀았던 타루미는 옆에 없었다. 어쩐지 이제는 만나지 않을 거란 생각마저 들었다. 아무리 사이가 좋았어도 그건 과거로… 지금과 연결되지 않는다면 아무 관계도 없는 것이다.

우정은 무조건 계속되지 않는다.

이유와 동기가 있기에 맺게 되는 관계다.

호의도 그러한 수단의 하나일지도 모른다.

체육관 밖으로 나가니, 한 걸음씩 앞으로 나아갈 때마다 불안이 커졌다.

"이러면 안 되는데."

진학 첫날부터 왜 나쁜 짓을 하는 걸까. 벗겨질 듯 말 듯한 부스럼 딱지가 바람에 날리는 것처럼 불안정한 감정에 휩싸였다. 걸음을 멈추고 체육관을 돌아보았다.

지금 돌아가면 분명히 불안은 가라앉는다. 나는 뒤를 가만히 응시했다.

체육관 안에서 정렬해 있는 학생들의 등을 보니 혐오감이 들었다.

모두 키까지 똑같아져 줄을 서 있는 듯한, 그런 답답한 감각이 싫어 참을 수 없었다. 게다가 춥다. 체육관은 춥다. 추운 건 싫다.

그대로 움직이지 못하게 될 듯해서.

멈춰 선 채 멍하니 하늘을 올려다보았다.

이미 꽃잎이 진 벚나무 너머에서 따뜻한 햇볕이 쏟아졌다.

그 햇볕이 어깨를 두드리고서야 겨우 평정심을 되찾았다고 착각하게 되었다.

마을(村)을 부정하고 떠나려고 발버둥 치기 시작했다.

이 시절의 나, 시마무라(島村)는 그야말로 마을(村)을 부정한 시마(島) 호게츠였다.

"어? 선배다."

유니폼에서 교복으로 갈아입은 후배가 체육관을 들여다보았다. 대답을 안 하고 땀을 닦자 신발을 벗고 안으로 들어왔다. 살짝 열린 문 너머에서 다른 운동부도 활동을 끝내고 돌아가는 모습이 살짝 엿보였다. 운동장의 흙에 조금 붉은빛이 감돌며 지금의 시간을 알려 주었다.

이 애는 분명 이케… 하타? 이케하타(池畑). 아니, 아닌 것 같다. 미즈(水)거나 카와(川)… 후배.

중학교 2학년이 되어 이제 막 생긴 후배. 이름을 잘 기억 못 하고 있어도 어쩔 수 없는 일이라 할 수 있었다.

"뭐 하세요?"

"보면 몰라?"

"비밀 특훈."

그렇게까지 대단한 건 아니다. 정정하고 싶었지만 목이 마르고 귀찮아서 공을 던졌다.

림(rim) 앞쪽에 맞고 튕겨 나온 공을 달려가서 회수했다.

“매일 하세요?”

“기분이 내킬 때만.”

후배는 돌아가지 않고 코트 가장자리에 앉았다. 견학을 한다고 뭐가 재미있을까.

“집에 안 가?”

방해된다는 뜻을 친절하고도 완곡하게 전달했지만, 후배는 “잠깐 보다가 갈게요.”라고 하며 받아넘겼다.

“그건 상관없지만….”

어차피 하는 일은 달라지지 않는다고 생각해, 공을 던지고는 주우며 코트 안을 뛰어다녔다.

“혼자서 프리스비를 주우러 다니는 강아지 같아요.”

“기술이 좋으니 괜찮지 않아?”

적당히 받아넘기고 림을 흔들었다. 평소에는 조금 더 잘 들어가는 편인데 오늘은 보는 시선이 있어서 그런 걸까. 그렇게 남탓을 한다. 또 공이 빗나가자 후배가 바로 말을 걸었다.

“선배는 동아리 활동을 별로 진지하게 하지도 않으면서 왜 남아서 연습을 하세요?”

튕겨 나온 공을 주우려고 몸을 앞으로 굽히자 땀이 눈에 들어갔다.

“진지하게 동아리 활동을 해도 우리 팀은 거의 못 이겨.”

1년이나 하다 보면 자신을 포함해 팀의 한계가 뚜렷하게 보인다.

"그렇긴 하죠. 그런데 슛 연습은 하시네요."

"공을 바닥에 탕탕 튕기는 건 질려서."

익숙해지면 재미도 없다. 그래서 이번엔 공을 던지는 일에 노력을 기울여 봤다.

현재 이건 아무리 뛰어올라도 질릴 기색이 없었다.

포물선을 그리는 공이 림 앞쪽을 맞고 튕겨 나왔다.

"싫어하나 보네요."

후배는 내 실수를 바라보는 게 즐거운 듯했다.

"그러네. 싫어하나 봐. 몇몇 사람들도."

"아직 그런 뜻으로는 말하지 않았는데요."

말을 안 했을 뿐 알고 있었구나. 그런 생각에 이번엔 내가 살짝 웃었다.

"싫어하니까, 아마 시합에도 안 나갈 거야."

"패스도 안 하니 아무래도 나가기 힘들죠~"

아하하하. 후배가 거리낌 없이 웃었다. 노골적인 지적에 "그러네." 하고 대답할 수밖에 없었다.

"왜 패스 안 하세요?"

"내가 공을 가지고 있어야 더 즐거우니까."

"우와아, 무진장 이기적."

이기적인 만큼 그에 걸맞게 사람들이 싫어하고 그에 알맞은 취급을 받는다. 나는 그러한 결과를 받아들였다.

"이젠 적성에 안 맞는다는 걸 잘 알겠어."

"네?"

"단체 경기."

나는 내가 다른 사람에게 뭔가를 해 주는 것도, 다른 사람이 나에게 뭔가를 해 주는 것도 별로 좋아하지 않는 모양이었다.

그런 일에 지나치게 신경 써서 다른 사람이 번거로워지는 게 또 더욱 번거롭게 느껴진다… 요즘 들어 그런 생각이 들었다. 동아리 활동을 그만둬도 괜찮을지 모른다. 그만두고 이렇게 슛 연습만 하는 게 낫다는 생각을 하며 던진 농구공은 림을 묵직하게 흔들 뿐이었다.

"굉장하네요. 아까부터 깔끔하게 림의 앞쪽에만 맞고 있어요."

일부러 맞히는 건가요? 그렇게 묻기에 아니라고 대답하고 공을 주웠다.

"팔 힘이 부족한가?"

"좀 더 높이 뛰며 던지면 깨끗하게 들어가지 않을까요?"

말은 쉽다. 그렇게 높이 뛸 수 있다면 지금 주변을 둘러싸고 있는 무거운 공기를 떨쳐 버릴 수 있었을까.

한 번 더 던져 안 들어가면 오늘은 그만 끝내자 결심하고 던진 공은 완벽하게 빗나갔다.

숨을 고르고 코의 땀을 닦으며 끝내자고 결정했다.
그리고 여전히 앉아 있는 후배를 슬쩍 바라보았다.
"…있잖아."
"네."
"스커트 안이 다 보여."
"이크."
무방비한 모습으로 앉아 있던 후배가 다급히 스커트를 정돈했다.
"선배, 왜 바로 안 알려 줬나요? 엉큼해서?"
"바보 같은 소릴."
"무슨 색이었는지 맞힐 수 있나요?"
"글쎄…."
적당히 받아넘기고 정리를 시작했다. 정리하면서 힐끔힐끔 시선을 보내 혹시나 하고 기대했지만, 후배는 전혀 도와주지 않았다. 존경할 생각이 전혀 없는 후배를 보고 보는 눈이 있다며 혀를 찼다. 그런데 정리가 다 끝날 때까지 기다렸다가 같이 돌아갈 생각인 듯했다.
"전 선배를 싫어하지 않지만요."
"그래? 고마워."
돌아가는 도중에 빈말 같은 대화를 주고받고 조금 걷다가, 나는 후배를 돌아보았다.

"어떤 부분이?"

"네? 아뇨, 그냥 얘기해도 불쾌한 점이 없으니까요."

크게 흥미가 없는 듯한 말투였다.

"붙임성이 없다는 생각이 드는 정도예요."

"그게 불쾌한 느낌 아니야?"

즐겁게 이야기하고 싶은 기분이 들지 않는 상대여선 기분이 좋을 리가 없을 텐데.

으~음. 후배가 다른 방향을 보면서 뭔가를 생각했다.

"별로 깊은 관계를 기대하지 않기도 하고, 그게 더 편하기도 하잖아요. 붙임성 없고 아무래도 좋다고 생각한다는 건, 저도 대충 아무 말이나 해도 된다는 거잖아요? 그런 사람은 꽤 귀중하거든요."

"귀중하구나…."

인간관계가 무엇보다 중요한 좁은 교실을 생각해 보면 이해할 수 없는 말은 아니었다.

친구 한 명이 날 싫어하기 시작하면 모든 사람에게 전염될 가능성이 있는 게 교실 안에 있는 우리의 관계다.

그런 점에서 보면 난 아무와도 이어져 있지 않았다.

내가 누굴 싫어하더라도 그건 개인적인 관계에 그친다.

나는 혼자였다.

"고민 없이 얘기할 수 있다니, 이상적이란 생각 안 드나요?"

"……………………."

후배와 했던 지금까지의 대화를 거의 기억하지 못하는 자신을 돌아보니, 확실히 편하다는 생각은 들었다.

편한 게 이상적이라니, 그래선 연결된 듯하면서도 뭔가가 사이를 가로막고 있는 듯한 위화감이 남긴 하지만.

"그럼 잘 가."

"네, 또 내일 봬요."

후배네 집과 우리 집은 비교적 가까운 곳인지 주택가 옆까지는 함께 걸었다. 겨우 헤어져야 하는 곳까지 와서 고민 없이 인사를 하고 등을 돌렸다. 그리고 어느 정도 거리를 벌린 뒤, 눈 옆으로 들어온 반짝임에 영향을 받아 문득 어떤 생각이 들어 걸음을 멈췄다.

"있잖아."

"네~ 뭔가요?"

돌아본 후배를 보고 저녁놀을 가리켰다. 후배는 손가락에 끌려 멍하니 위를 올려다보았다.

"아름답네요."

별로 그런 말을 하려던 게 아니었다. 뭐가 중요한가 하면, 저물어 가는 빛.

의 색.

"색."

강조하며 한 번 더 가리켰다.

"색?"

눈치 나쁜 후배가 저녁놀을 마주 보았고, "아." 하고 말하는 뺨에 붉은빛이 비쳤다.

아래를 확인하듯이 자신의 스커트를 바라본 다음, 후배가 나를 보고 외쳤다.

"정감 넘치는 성희롱이네요."

후배가 흥분해서 꺅꺅 소리쳤다.

"네가 물었잖아…."

후배는 마지막까지 밝게 웃으면서 달려갔다. 뭐가 즐거운지 이해는 못 하겠지만.

"상관없나."

분명 중학교를 졸업하면 거의 만날 일도 없다.

나에겐 그런 후배가 아무래도 상관없어서.

그래서 마음 편히 있을 수 있는 상대였다.

그 이후로도 그 후배와는 적당한 거리를 두며 사귈 수 있었다.

이름도 제대로 기억하지 못할 정도로 적당히.

졸업할 때까지 아무 일도 벌어지지 않았고, 그렇다고 너무 멀리 떨어지는 일도 없이.

돌이켜 보면 그런 자세에 영향을 받기 시작했던 건, 고등학생이 된 나인지도 모른다.

"…그런 일이 있었던 게야."

"호오호오."

별것 아닌 옛날이야기를 끝내고 한숨 돌렸다. 의외로 많이 기억하고 있었구나.

당연하지만 2년 전엔 아직 중학생이었으니까.

아다치와 만난 이후 1년 동안이 상대적으로 짙은 편이어서, 과거가 더 멀게 느껴졌다.

좋든 나쁘든, 아다치는 인상적이라 다른 기억을 덮어써 버린다.

내 과거는 언젠가 아다치와 함께했던 일로 가득 채워질지도 모른다.

"음냐음냐."

"얘기 들었어?"

"전부 들었습니다."

눈을 감고 있으면서 의기양양하게 큰소리를 쳤다.

"너하곤 중학생 시절에 만나지 않아 다행이었을지도 몰라."

이렇게 느슨한 생물이니, 그 당시의 나였으면 도저히 인정하지 못했을지도 모른다.

지금이니까 이렇게 같이 누워서 뒹굴고 있을 수 있는 거다.

이런 걸 숙명이라든가, 불가사의한 인연이라든가, 다양한 말로 표현을 하겠지만 이 녀석만큼은.

“운명이군요.”

“그러네요.”

아주 느슨하게 받아들였다. 그리고 눈을 감고 있자 의식이 부드럽게 녹아 갔다.

도움닫기를 해서 바람의 저항 없이 몸이 앞으로 나아가듯이 편안한 잠에 빠져들 때의 감각.

잠을 좋아하는 나는 틀림없이 다른 사람보다 많이 그 순간을 맞이한다.

아주 행복한 일이었다.

여동생이 문을 여는 소리가 조금 멀찍이서 들려왔다.

'아다치와 시마무라'

요즘 자주 접하는 이름이 들려 입구 옆에서 뒤를 돌아보았다.

수영장으로 가던 검은 머리카락의 중년 여성은 방금 스쳐 지나가던 사람에게 '아다치 씨'라고 불렸다. 처음에는 아다치 씨라는 사람은 세상에 아주 많다며 대수롭지 않게 생각했는데, 돌아본 다음에 한 번 더 그 얼굴을 바라보며 확인했다. 그리고 아주 닮았다고 생각했다. 그래서 찰싹찰싹 걸어서 다가가 보았다.

수영복 차림의 등을 바라보면서 찰딱찰딱 수영장을 향해 걸었다. 아다치 씨는 좀처럼 나를 눈치채지 못했다. 재미있어졌다고 생각해 계속 뒤를 따라갔다. 염소 냄새가 가득한 수영장 문을 열어도 여전히 눈치채지 못하다가, 샤워장 앞까지 와서야 겨우 바짝 따라오는 사람의 기척을 느낀 모양이었다.

여성은 뒤를 돌아보며 노골적으로 의심스럽게 나를 쳐다보았다.

엉거주춤 살며시 걷던 자세를 고쳐 등을 쭉 폈다. 그리고 바로 근처에서 뚫어져라 바라보았다.

"음~"

그 시선에 반응해 더욱 얼굴의 주름이 깊어졌다.

"…왜요? 그리고, 누구예요?"

"아다치 씨?"

"그런데요."

"고등학교 2학년짜리 딸이 있어 보이는 얼굴이네요."

한참 관찰한 결과, 대충 맞겠거니 싶어 구체적으로 말을 해 보았다. 분위기도 그렇고 닮았으니까. 노려보느라 주름졌던 눈언저리가 약간 누그러졌다.

"딸이랑 아는 사이… 나이를 보면 아닌가?"

"알긴 알아요."

아직 확실하진 않지만.

"그래요? 그럼 그쪽도 딸이든 아들이든 있는 거겠네요?"

"딸이 둘이에요."

건방진 사람과 조금 건방진 사람.

앞으로 몇 년이 지나면 조금 건방진 사람이 엄청 건방진 사람이 되는 걸까.

호게츠도 중학생 시절에는 정말 반항적이었다.

"음~?"

이번엔 상대가 나를 노골적으로 바라보았다. 얼굴이 가까워, 가깝다고. 근시인가?

눈앞에서 아다치랑 비슷한 얼굴이 사나운 눈매로 나를 바라보았다.

아다치는 얌전한 아이라는 인상이어서, 표정이 크게 변하면 닮은 구석이 줄어든다. 그냥 이쯤에서 끝내도 상관은 없는데.

"뭔데요?"

"전에 여기서 본 얼굴이랑 비슷해서요."

"그 사람은 제 딸일 거예요."

피트니스 센터에 데리고 온 적이 있으니 그때 본 거겠지.

그 당시의 호게츠는 아직 금발이었던 기억이 난다. 걔 참 안 어울렸어.

"그렇구나… 역시나."

얼굴을 뒤로 되돌린 아다치네 엄마가 머리를 긁었다. 뭐가 역시나라는 걸까.

시선을 보고 이쪽의 의문을 깨달았는지 한숨을 내쉬며 설명해 주었다.

"사쿠라한테도 친구가 있긴 했구나 생각했을 뿐이에요."

사쿠라라니, 누구? 그렇게 물으려다 아다치의 이름이라는 사실을 깨달았다. 그러고 보니 들은 적이… 있었나? 없었나? 나는 남의 이름을 잘 못 외운다. 안 외워도 어떻게든 지낼 수 있으니까.

"그래서… 무슨 일이죠?"

"아다치랑 닮았다고 생각해서 따라왔을 뿐이에요."

모든 동기를 이야기해 줬는데 아다치네 엄마는 잠시 기다리듯이 아무 말이 없었다.

다 끝났다는 듯이 손바닥을 보여 주며 흔들었다. 아다치네 엄마가 미간에 주름을 지었다.

“어? 그것만으론 안 되는 건가?”

“안 되죠. 당신 좀 성가셔 보여.”

“그게 무슨 소리예요?”

그런 말 자주 듣지만. 상황에 따라선 딸들도 날 대하길 성가셔 한다. 남편까지도.

어떤 점이 그러냐고 물어봤을 때의 대답을 대략적으로 정리하면 ‘뭔가 거리낌이 없어서 성가시다’는 결론이었다.

너무하다.

“그래서 언제까지 있으려고요?”

“응?”

“샤워하려는데요.”

샤워기 노즐을 붙잡으면서 아다치네 엄마가 훠이훠이 저리 가라는 시늉을 했다.

“금방 끝나니 같이 씻을까요?”

“네? 생각보다 더 바보였나?”

나를 차서 옆으로 밀어냈다. 머리부터 따뜻한 물을 뒤집어쓰며 단번에 끝내면 좋을 텐데.

어쩔 수 없이 옆의 샤워기를 사용했다. 쏴아아, 하고 물에 몸을 적셨다.

"……………………."

문득 뭔가 생각이 나서 칸막이 위로 샤워 노즐을 들어 옆으로 물을 뿌려 보았다.

쏴아아, 하고.

반응이 없어 잠시 더 계속했다.

"죽을래?"

"무서워."

생각보다 본격적인 살해 예고를 받았다. 살해당하고 싶진 않아서 물의 양을 줄였다.

샤워룸 밖으로 나오자 나보다 훨씬 물방울을 많이 떨어뜨리는 여자가 나와서는 나를 노려보았다.

흠뻑 젖은 머리카락이 축 늘어져 얼굴에 달라붙어 있어, 마치 저주할 것만 같은 분위기였다.

"당신 뭐야?"

"농담 같은 성격이구나, 너? 세 명 중 한 명은 그렇게 말해요."

"농담이라면 웃을 수 있는 성격이 돼야지…."

아다치네 엄마는 선언대로 전혀 웃지 않았다. 이런 점은 딸이랑 똑같았다.

"사쿠라는, 당신네 집에 자주 가죠?"

"응? 그러네요. 자주 봐요."

고등학생이 된 뒤로 놀러 오는 아이는 아다치 정도밖에 없다.

옛날에는 타루미도 자주 놀러 왔지만 어느새 보이지 않게 되었다.

친구랑 같이 있으면 즐거운데, 계속 같이 있지 못하는 게 신기하기도 하고 세상의 흐름이기도 하고, 조금 재미있다.

"그렇구나."

아다치네 엄마가 마무리 지으려는 듯이 짧게 대답했다.

"어? 뭔가 더 물어봐야죠."

위팔을 툭 치고 꼬집었더니 "짜증 나게." 하고 숨김없는 평가를 내렸다.

"그 아이는… 잘 모르겠어서요. 뭘 생각하는지도, 무슨 감정이 있는지도."

"……? 모르면 본인한테 물어보면 될 텐데."

나는 묻지도 않았는데 마음을 전하기도 한다. 그래서 나를 성가시다고 생각하는 거겠지만.

그건 잘 알지만 일단 말을 해 버리는 성격이다.

아다치네 엄마는 뭐가 의외였는지 눈을 둥그렇게 떴다.

"왜 그래요?"

"…아뇨, 아무것도."

아다치네 엄마가 외면을 하듯이 몸의 방향을 바꾸었다.

"전 사우나 갈 건데요."

"잘 가요~"

그렇게 더운 곳은 싫어.

작게 손을 흔들자 "이 사람 뭐야?"라고 다 들으라는 듯이 말을 하면서도 조금 웃었다.

그리고.

"앗카(赤華)예요."

"시마무라 요시카(良香)예요~"

서로 이름을 밝히고 헤어졌다. 이름을 다음 회까지 기억하고 있을 자신이 없다.

그냥 아다치네 엄마면 되나.

"의외로 인연이 있는 법이구나."

피트니스 센터에 오래 다니고는 있지만 아직 모르는 일이 많다.

돌아가면 우리 딸 호게츠한테 이야기해 주자고 생각했다.

아다치와 시마무라

2장 'AKIRA'

"넌 별로 중요하지 않다."

흐~음, 하고 처음 들었을 때는 생각했다. 중학교 1학년 때였다.

"히노 가문을 앞으로도 유지해 가기 위해서는 그렇다는 의미다."

"그거야 뭐. 알지, 알다마다."

그 정도는 집안의 형태와 의의와 자신을 이해할 수 있는 나이였다.

"오빠들도 많이 있으니까."

넷이나 있다. 숫자를 세기만 해도 한 손이 봉쇄된다.

"그래."

맞은편에 앉아 있는 아버지가 짧게 고개를 끄덕였다. 아버지는 보통 말수가 적다. 표정은 의외로 많이 변하는 편이라 말수가 적은 모습과 잘 어울리진 않는다. 그리고 정좌를 한 아버지는 평소보다도 더욱 말을 하려고 하지 않는다.

내가 하고 싶은 말이 있던 게 아니라서 나도 말을 꺼내지 않는 상태가 계속되었다.

목욕하러 가는데 불려 온 거라 전체적으로 어중간한 기분이었다.

"좋다."

아버지는 한 번 더 고개를 끄덕이고는 방 밖으로 나갔다. 그게 다였냐. 마음속으로 투덜대며 아버지를 배웅했다.

"이해할 수 없는 아버지야."

여러 생각을 한다는 점은 겉으로 다 드러내면서, 전달하려고 하지 않는 모습도 감추지 않는다.

얼른 사라져 줘서 솔직히 고맙긴 하지만.

넓은 다다미방에 혼자 남겨진 나는 잠시 후, 그 자리에 드러누웠다.

다다미 냄새가 등을 넘어왔다. 눈을 감고 잠시 그 냄새를 맡았다.

이윽고 자신의 호흡에 맞춰 위아래로 움직이는 복부를 강하게 느끼게 되고서야 가만히 중얼거렸다.

"그런 말을 해 봐야."

곤란할 뿐이었다.

"한마디로, 집에 오래 있지 않아도 된다는 말인 거지."

자기 좋을 대로 해석하며 코타츠 안에 들어가 있는데, 맞은편에 있던 나가후지가 "뭐~?"라고 하며 불만 섞인 목소리로 말했다.

"아키라네 집 좋아하는데."

"어디가 좋아?"

"넓잖아."

넓다는 표현을 하려는 듯 나가후지가 크게 팔을 뻗었다. 위로. 우리 집은 1층밖에 없거든?

"보통은 옆으로 뻗어야지."

"으음?"

나가후지는 잘 이해하지 못한 모양이었다. 이거야 항상 있는 일이다.

평일 방과 후에는 곧장 집으로 안 가고 거의 항상 나가후지네 집에 들렀다. 정육점을 운영하는 나가후지네 집은 마음이 편했다. 코타츠를 가운데 두었을 뿐인데 방의 대부분이 가득 차는 작은 공간이 성격에 잘 맞는 듯했다. 우리 집엔 좁은 장소가 없다. 왜 화장실까지 그렇게 넓은 걸까.

나가후지는 추워졌는지 팔을 내리고 코타츠 안으로 깊숙이 파고들었다. 항상 멍한 표정이지만, 따뜻해지면 30퍼센트는 더 느슨해진 것처럼 보인다. 지금은 안경을 벗고 있어서 유난히 더 옛날 모습과 겹쳐 보이는지도 모른다.

중학생이 된 나가후지는 안경을 쓰게 되었다. 코타츠 위에 내던져 놓은 안경을 주워서 써 봤다. 그 순간 세계가 흐릿해졌다. 나가후지는 이렇게 눈이 나빠졌던 건가.

"눈이 나빠질 만한 일을 했던가?"

"훗. 공부를 너무 많이 해서 그래."

"거짓말하지 마."

그런데 나가후지가 시험 점수는 더 좋다.

"아키라는 안경 안 어울리네."

"그래?"

그런 말을 들어 안경을 벗었다. 나가후지는 안경을 안 쓴 내가 만족스럽다는 듯이 웃었다. 되돌려 주듯이 코타츠 위에 올려 두자 나가후지가 안경테를 손가락으로 튕겼다. "우오오." 너무 세게 튕겼는지 코타츠에서 안경이 떨어질 뻔했다.

이 녀석은 뭘 하고 싶은 건지. 그런 생각에 살짝 웃었다.

코타츠 안의 다리와 거의 비슷할 만큼 가슴 부근에도 따스함이 전해져 왔다.

중학교 1학년 겨울, 열세 살에 익숙해진 요즘. 최근 들어 나는 아키라이기도 하고 히노이기도 하다. 중학생이 된 뒤부터 그런다. 그리고 이 녀석도 나가후지이기도 하고 타에이기도 하다. 장소와 사람에 따라 휙휙 바뀐다.

어른이 된다는 게 이런 걸까.

"아저씨는 아직 일하시나 보네?"

가게 앞에서 들리는 소리에 태평하게 감탄했다. 정육점을 운영하는 나가후지네 집은 우리 집과는 다른 소란스러움이 있다. 집에 눌어붙은 향기로운 냄새도 익숙해지면 마음을 들썩이게 한다.

"넌 안 도와도 돼?"

“도움이 안 된다는 보증을 받아서.”

“경영자가 보는 눈이 있네.”

정작 돕는다 한들 나가후지한테 뭘 맡기면 될까. 접객은 잘 할 듯하지만 실은 정반대다.

“으~음….”

시선이 TV에 가 있는 나가후지를 바라보았다. 졸린 듯한 멍한 눈언저리는 만났을 당시부터 변함이 없었다. 이런 표정으로 엉뚱한 말을 하기 때문에 주변 사람들에게 많은 오해를 받아 왔다.

오해가 아닌 부분도 있지만.

그 나가후지의 어머니가 방을 들여다보았다.

“아키라, 데리러 오셨어.”

“엑~”

호들갑스럽긴. 나는 한숨을 지으며 고개를 들었다.

“이제 돌아가려고 하고 있었어요, 그치?”

나가후지에게 동의를 구했는데, “어? 벌써 가려고 했었어?”라며 진심으로 놀랐다. 성가시네.

“반쯤은 진심이었어.”

“얼른 전부 농담이 돼 버려.”

자신의 발언에 전혀 책임을 지지 않는 나가후지는 그 자리의 분위기에 너무 쉽게 휩쓸려서 탈이다.

일어서면서 TV 위의 시계를 보니 아직 6시도 안 됐다. 한 번 더 숨을 내쉬었다.

나가후지도 느릿느릿 코타츠 밖으로 나왔다. 초등학교 6학년 후반쯤부터 나란히 서면 눈높이가 맞지 않게 되었다. 나는 아직도 초등학생 같은 높이인데, 나가후지는 이미 중학생으로 완성돼 버린 느낌이었다.

“왜 그래?”

시선이 느껴지자 나가후지가 고개를 갸웃했다. “아무것도 아니야.”라고 어물쩍 넘어갔더니, 이번엔 나가후지가 나를 들여다보았다. 키 차이만큼 위압감이 느껴졌다. 이렇게 서로 마주 보고 서야 안경을 벗었다는 사실을 깨달았다. 나가후지는 집에 오면 안경을 안 쓰는 걸까? 교실에서는 벗은 모습을 본 적이 없다.

“왜?”

“히노를 보는 것뿐이야.”

나가후지의 눈동자가 가만히 나를 포착하고는 놔주지 않았다.

정말 다른 의미는 없다고 생각했다. 그래서 조금 쑥스러웠다.

나가후지는 밖까지 배웅해 주었다. 가게 옆으로 나와 집 바깥길로 가 보니 익숙한 차가 서 있었다. 나는 가게 앞의 아저씨에게 인사를 하고 자동차를 향해 갔다. 나가후지도 느릿느릿 따라왔다.

“…………………….”

“추워, 추워.”

"넌 차 타지 마."

혹시 몰라 제지하자 나가후지가 우뚝 멈춰 섰다.

"딱 좋으니까 가서 자려고 했는데."

"안 좋거든?"

나가후지의 어깨를 뒤로 밀었다. 하지만 거의 움직이지 않았다. 예전에는 밀면 밀렸는데 건방지긴.

"으랏차."

오히려 나가후지가 나를 들어 올렸다. 얼빠진 구호에 걸맞게 쉽사리.

"야, 이거 놔."

"어? 히노, 살 빠졌어?"

나가후지가 고개를 갸웃했다. 우리 집 음식을 생각하면 살이 빠져도 이상하지 않지만 그런 건 아니겠지.

"아니면 작아졌어?"

"야, 맞을래?"

네가 커서 그런 거야. 마음속으로 독설을 날렸다.

그리고 이런 대화를 앞으로도 계속하게 될 것 같은 예감이 들었다.

"내일 봐~"

"그래."

뒷좌석에 앉아 문을 닫기 전에 나가후지와 인사했다. 나가후지는 나를 보면서 뒤로 물러섰다. 도로를 건너는데 위험한 짓을 하다니. 아니나 다를까, 가게에 돌아가자마자 아저씨에게 주변을 보고 걸으라며 혼쭐이 났다.

그 대화하는 모습에 무심코 웃음을 터뜨렸다.

그리고 아무 말 없이 기다리던 운전사한테 말을 걸었다.

"시간 되면 돌아갈 생각이었어."

"이제 어두우니까요."

우리 집에서 오래 근무한 가정부, 에노메(江目) 씨가 소매가 있는 앞치마를 두른 채 운전석에 앉아 있었다.

흐릿한 가로등이 비친 그 얼굴은 살짝 붉은빛이 감도는 듯 보였다.

"아가씨는."

"그만해~!"

나는 귀를 막았다. 언제부터일까. 그렇게 불리면 참을 수 없을 만큼 온몸이 근질거렸다.

"아가씨는 그만해."

"어떻게 부를까요?"

차를 몰면서 에노메 씨가 확인했다.

"뭐든 좋아."

"그럼 아키라 님으로 부르죠."

"…일부러 그러는 거지?"

백미러 너머로 에노메 씨가 미소 짓는 모습이 보였다. 나이에 비해 웃는 모습은 어린 편이다.

"엄마한테 부탁받은 거야?"

"네."

순순히 인정했다.

"사모님께서는 늦으면 연락을 해 줬으면 하시더군요."

"늦었다고는 해도 아직 6시도 안 됐거든?"

"겨울의 6시면 밤이니까요."

정말 차 너머를 보니 새카만 광경 외에는 보이지 않았다. 나가후지네 집에서 멀어져 길을 꺾자 가로등의 숫자도 확 줄어서 심해로 뛰어든 것처럼 시야가 차단되었다. 지금 창문을 열고 손을 뻗으면 어둠 그 자체를 만질 수 있을 듯했다.

"이제 그렇게까지 어린애는 아닌데."

"아직 반 이상은 어린이예요."

내 나이에 2를 곱해도 따라잡을 수 없는 사람에겐 그렇게 보일지도 모른다. 옛날부터 나를 돌봐 줬고, 놀이 상대도 되어 줬던 에노메 씨라 강하게 나갈 수가 없다.

화제를 살짝 전환했다.

"어디 갔는지 말도 안 했는데 어떻게 알았어?"

"따로 갈 곳은 없잖아요?"

"없긴 하지만…."

어딘가 날 간파하고 있는 듯해 재미가 없었다. 하지만 억지로 다른 곳에 가 봐야 그곳에는 나가후지가 없다. 그래서야 반항해 봤자 의미가 없다. 그렇게 생각을 할 만큼 나가후지는 내 인생에 관여해 왔다.

생각해 보면 유치원 첫날 이후로 계속 알고 지낸 사이다. 왜 그 녀석이랑은 그렇게 마음이 잘 맞을까. 그리고 언제부터 그렇게 됐을까. 생각을 해 보려 해도 그 녀석이랑 만나지 않는 날은 여행할 때 정도니 화면에 변화가 없어 구별을 하기가 힘들었다.

"결국엔 그 집에 돌아갈 수밖에 없어…."

그런 점은 분명 어린아이일지도 모른다. 자신의 집은 없다. 부모님의 집이 있을 뿐이다.

"어머? 돌아가기 싫은 거?"

자동차가 신호에 걸려 멈췄다. 그렇다고 말하면 차 밖으로 내쫓을까?

그러면 난 나가후지네 집으로 돌아가겠지만… 언젠가는 그곳에서도 내쫓기겠지.

현실은 내가 있을 만한 다른 안식처를 쉽게 발견할 수 없다.

"집에서는 내가 특별히 필요 없다던데."

에노메 씨가 나를 돌아보았다. 정지해 있다고는 해도 운전 중이잖아.

"누가?"

"아버지."

"어머나."

에노메 씨는 곧장 다시 앞을 보았다.

"그런 의미가 아닌 건 알아."

"음~ 글쎄."

에노메 씨가 애매하게 웃었다. 이럴 땐 부드럽게 긍정해야 할 부분 아닌가? 응?

사춘기 학생의 마음을 쿡쿡 찌르면 안 된다.

"당주님이 말을 잘 못 하시는 거야 사실이니까."

"그게 문제야."

전부 설명하라고는 안 하겠지만, 조금 더 말을 해 주지 않으면 국어 시험과 다를 바가 없어진다. 거기다 출제자는 채점조차 안 한다. 가족 간인데 그런 시험만 치르고 싶진 않았다.

이심전심으로 통하지는 않는 것이다.

에노메 씨가 다음 화제로 전환하려는 듯 온화하게 말을 걸었다.

"돌아가면 바로 저녁이야."

"아, 맞다…. 나가후지네서 먹고 가려고 했는데."

"밥도 불만인가 보네?"

에노메 씨가 다 알면서도 물었다.

"우리 집 반찬의 간을 별로 안 좋아해서."

싱거우니까. 맛이 전혀 나지 않는 건 아니지만 담백하고 조촐하다.

어떤 요리든 씹어도 배어 나오는 간이 없었다.

"미안해. 맛이 진한 음식을 사모님이 싫어해서."

"알아."

덧붙이자면 오빠들도 싱거운 맛에 완전히 적응했다. 아버지는 어떨까. 식사할 때는 아무 말 없이 계속 젓가락을 움직이며 얼른 먹고 자리에서 일어선다. 맛이 있느니 맛이 없느니 하는 말을 들어 본 역사가 없다.

그런데, 그런데 말이야.

"에노메 씨는 엄마 부탁만 들어주네?"

가끔 그런 생각을 한다.

"그렇진 않아."

에노메 씨는 태연하게 부정했다.

차 안에서 가만히 있으며 조금 조는 사이에 집에 도착했다. 차에서 내려 굵은 자갈을 밟았다.

우리 집은 일반적인 집과 비교하면 크다. 어린애 같은 감상을 말하자면 그렇다. 역 앞에 새로 생긴 호텔보다 넓은 부지에 일본풍 취향을 가득 담은 정원을 갖춘 집이었다.

나가후지네 집의 마당이 몇 개나 들어갈까. 물어보면 나가후지는 진지하게 계산하기 시작할 듯하다.

줄자를 써 가며… 아니, 그 녀석이라면 플라스틱 자겠다. 그런 생각이 떠올라 조금 웃었다.

뺨의 움직임에 맞춰 겨울 공기가 그 모양 그대로 스치고 지나가, 나는 추위에 몸을 떨었다.

"어서 오십시오."

현관 앞에 한발 먼저 올라간 에노메 씨가 새삼 예를 갖추며 나를 맞이했다.

"…다녀왔습니다."

열세 살의 나는 그렇게 대답할 수밖에 없었다.

누가 일부러 한 짓이 아니라면 이건 어느 정도의 확률일까?

학교에서 나가후지와 함께 급식을 먹으며 문득 그런 생각을 해 보았다. 나가후지와는 이걸로 7년 연속 같은 반이다. 초등학교 때는 2년마다 반을 바꿨으니, 반을 바꾼 횟수를 따지면 통산 네 번 연속인가. 그렇게까지 낮은 확률은 아닌 것도 같다. 내년에도 나가후지와 함께 수업을 들을 수 있게 될까?

"히노~"

나가후지가 젓가락을 흔들며 나를 불렀다.

"멍하니 있으면 젓가락까지 먹을걸?"

"그런 사람은 너밖에 없어."

실례되는 소릴, 이라며 나가후지가 분노했다. 하지만 2초 후에 그런 일은 벌써 잊었다는 듯이 묵묵히 음식을 씹는다.

교실에서는 무조건 히노와 나가후지라 불렀다. 교복은 조금이지만 우리를 점잖게 행동하도록 만들어 주었다.

"나가후지는 장래에 정육점 이을 거야?"

"응?"

쿠페 빵을 베어 먹으려 했던 나가후지가 잠시 움직임을 멈췄다.

"음~"

한 박자 멈춘 채 나가후지가 생각에 잠겼다. 눈이 옆으로 움직이는 걸 보면 조금 생각을 하긴 하는 모양이었다.

그런 거야 대체로 조금만 보면 알 수 있는 거였다.

잠시 후, 나가후지의 눈이 나를 향해 되돌아왔다.

"글쎄, 어떻게 될까."

"…굳이 진심으로 대답할 필요 없지만."

진지한 질문은 아니었다. 조금 그런 질문을 해 보고 싶은 기분이었을 뿐으로, 즉흥적인 질문이었다.

"아~아암."

먹으려다가 멈췄던 빵을 크게 베어 물었다. 그런 나가후지를 따라서 나도 빵을 집어 들었다.

같이 나온 잼과 마가린을 듬뿍 발라서 머리가 나쁘다는 느낌마저 드는 농후한 맛을 즐겼다.

내 입맛에 아주 잘 맞았다.

급식을 다 먹고 정리하면서 나가후지가 나에게 물었다.

“거기서 정육점 하면 히노는 매일 사러 올 거야?”

“글쎄. 고로케라면 사러 갈지도 몰라.”

“그럼 정육점도 괜찮겠네.”

나가후지의 단순한 결론을 듣고, 나도 그에 이끌리듯 웃음이 새어 나왔다.

그리고 방과 후. 나가후지가 책상 앞으로 다가왔다.

“집에 가자~”

묘하게 밝다. 덧붙이자면 나가후지의 이런 기분의 추이에는 아무런 의미가 없다.

“아니. 오늘은 갈 데가 있어.”

“그럼그럼. 갈 데가 있고말고.”

나가후지가 그런 소릴 하며 내 팔을 잡아당겨 일으키려고 했다.

“아니, 그게 아니라.”

일본어랑 나가후지는 어렵다. 놔, 놔, 라고 말하며 나가후지가 붙잡은 팔을 붕붕 흔들었다.

“…오늘은 볼일이 있어서.”

어제, 집에 돌아갔더니 엄마가 잊지 말라고 거듭 주의를 주었다. 이런 일은 드물지 않으니 나가후지도 놀라지 않았다. 얼굴도

흐려지지 않았다. 수면처럼 변하지 않았다.

“집안의 볼일이구나.”

“응. 귀찮지만.”

무심코 한숨이 새어 나올 만큼은 귀찮다. 볼일이라고는 해도 내가 해야 할 일은 없다.

아주 따분하다.

“그럼 오랜만에 동아리 활동 하러 가 볼까.”

“…너, 무슨 부에 들어갔어?”

“비밀.”

“그래? 그럼 가 볼게.”

재빨리 돌아가려고 했다. 하지만 등의 옷과 얇은 피부를 꼬집듯이 나가후지가 나를 붙들었다.

“더 궁금해 해야지.”

얘도 참 성가시게 구네.

“그래. 그럼… 알려 줘~! 나가후지~!”

어떻게 대답할까 고민을 했는데, 잘 알 수 없는 소릴 하고 말았다.

“음~ 다음에 알려 줄게.”

“너 진짜 맞을래?”

그렇게 나가후지와 조금 놀고는 오늘은 곧장 집으로 돌아갔다.

대나무 숲을 지날 무렵, 날이 저물기 시작해 대나무가 오렌지

색으로 물들었다. 녹색이 더욱 깊어져 마치 울창한 숲 같은 경관이었다.

대나무의 냄새는 겨울에 맡으면 조금 춥다.

집 앞에는 낯선 차가 몇 대인가 주차되어 있었다. 그리고 조금 더러워진 스쿠터가 현관 옆에 세워져 있었다. 누가 타고 온 걸까. 이런 걸 타고 오는 손님이라면 우리 집과는 큰 인연이 없을 것 같은데.

그 사이를 빠져나가 현관 앞으로 갔다.

나를 맞이해 준 사람은 오빠였다.

"오, 땡땡이 안 치고 일찍 돌아왔네?"

오빠는 넷이지만 지금 집에 있는 사람은 넷째 오빠뿐이었다. 고시로 오빠는 나와 나이 차이가 꽤 많이 났다. 아니지. 그래도 남매로서는 가까운 편인가. 제일 큰 오빠와는 거의 아빠와 딸 정도의 나이 차이다.

내가 태어났을 당시에는 이미 독립을 했으니, 어떤 사람인지도 거의 모른다.

아마도 서로 마찬가지 아닐까 한다.

이상한 집안이라 생각한다.

오빠는 평소대로 일본풍 옷을 입고 있었다.

"옷 갈아입고 별채의 암자로 와."

"네네~"

지시를 내린 오빠는 내가 신발을 벗는 것보다 먼저 빠른 걸음으로 어딘가를 향해 사라졌다. 바쁜 거겠지. 오빠는 이 집안과 성격이 잘 맞는다. 규율이 바르고, 등에 자라도 꽂고 있는 것처럼 반듯하다. 특별히 사이가 나쁘지는 않지만 그렇다고 담소를 나눌 정도의 사이도 아니다.

같은 집에 살고 있는 사람 이상의 관계성을 찾지 못했다.

방으로 돌아가 가방을 내던지고 말을 내뱉었다.

"진짜 귀찮네."

벗은 양말을 벽에다 내던졌다. 몸이 홀가분해지자 방의 낮은 온도에 몸이 떨렸다. 뭘 해야 하는지 잘 알면서도 방 안을 이리저리 돌아다녔다. 머리가 제대로 돌아가지 않았다.

목에서 어깨에 걸쳐 오싹거리는 뭔가가 엉겨 붙었다.

초조함과 불쾌함이 섞여 도저히 가만히 있을 수 없는 감각이었다.

그리고.

곱게 꾸민 나는 암자 구석에서 얌전히 앉아 있었다.

모습과 자세와 위치한 곳이 히나마츠리* 같았다.

가족이 사이좋게 맞이하는 사람들은… 모르는 사람들이다. 모두 어른들로 몸가짐과 기품과 교양을 매우 잘 갖추고 있는… 분

※히나마츠리(雛祭り) : 여자아이의 건강과 행복을 비는 날로, 천으로 덮은 제단에 인형과 음식을 장식하는 축제.

들이라 생각한다. 일단 입고 있는 옷은 틀림없이 비싸다. 그 정도는 이 집에 살고 있으면 구별할 수 있게 된다.

히노 집안에 필요한 손님들이다.

평소 말이 없는 아버지도 이런 때는 나름 접대를 한다. 위트 있는 말을 섞는 것은 무리지만 상대의 말을 진지하게 듣고 손짓을 하며 맞춰 준다. 그 모습을 옆눈으로 보면서 가끔 적당한 말을 들었을 때 붙임성 있는 미소로 에헤헤거리는 것뿐인, 간단한 의무.

집안에 필요 없다는 내가 왜 말석을 장식하고 있어야 하는 걸까.

목 위가 덜덜 떨려서 언젠가 투욱 굴러 떨어져 버릴 것만 같았다.

손님 중에도 젊어 보이는 사람이 딱 한 명 있었다. 나와는 달리 한가운데에 자리를 잡고 있는 그 사람은 붉은 기모노의 기장이 처치 곤란인 듯했다. 어려 보이지만 나보다는 어른이겠지. 지금은 기묘하게도 눈을 가늘게 뜨고 있었다. …살짝 꾸벅거리기 시작했다.

그리고 자세히 보니 입고 있는 옷은 기모노가 아니라 간이 복장인 유카타였다.

주변 사람들은 그걸 못 본 척하고 이야기를 계속했다. 내용은 거의 머릿속에 들어오지 않았다. 수업보다도 귀에 들어오지 않았다. 올바로 들어오지 않는 소리는 파리의 날갯소리보다도 잡음에 더 가깝다.

…아.

마음속 한탄 이후로 계속 이어 가려던 중얼거리는 소리를 간신히 집어삼켰다.

그 이후로는 시야에 아무것도 들어오지 않아 멍하니 있었다.

붉은 유카타 차림이었던 사람은 마지막까지 거의 잠만 잤다.

방에 돌아오자마자 곧장 전통복의 끈을 풀고 옷을 갈아입으려고 했는데 옷을 찾기가 귀찮아 바로 쓰러졌다.

바닥에 쓰러지자 또 공기의 온도가 바뀌었다. 낮은 위치의 공기는 서늘했다. 쌓이듯이 고여 버린 피로와도 닮은 뭔가가 살짝 섞여들었다. 일어설 수 없어 그대로 누워 있었다.

조금 전의 나는 이상한 생각을 했었다.

돌아가고 싶다고 생각했다.

집에 있으면서 어디로 돌아가고 싶다는 걸까.

그렇게 조금 지나자.

"그림이 되네."

모습을 살피러 온 에노메 씨가 일단 그런 말을 건넸다.

"그림?"

"흐트러진 기모노가 잘 어울리는걸? 우키요에(浮世繪) 같은 전통 그림 같아."

"그거 대단한데?"

대충 감동했다. 에노메 씨는 곧장 돌아가지 않고 방구석에 있는 옷장을 열었다. 그 모습을 눈의 끝으로 좇으며 누운 채로 말을 걸었다.

"에노메 씨는."

에노메 씨는 내가 갈아입을 옷을 준비하면서 나를 바라보았다.

"엄마랑 같은 나이였던가?"

"응."

에노메 씨는 엄마의 동급생으로, 학교를 졸업한 뒤 곧장 이 집에 살면서 일을 하기로 결정했다고 한다. 사이가 좋았던 엄마는 졸업 후에도 만날 수 있어 기뻐했다고 들었다.

지금도 집안에서 자주 둘이 이야기하는 모습을 본다. 그럴 때는 고용 관계와는 상관없는 사이좋은 친구로밖에 안 보였다.

"왜 이 집에서 일하기로 했어?"

"친구 연줄로 채용되지 않을까 기대했거든."

생긋 웃으며 에노메 씨가 망설임 없이 말했다.

"거짓말."

나도 망설임 없이 단언했다.

"사실은 사모님이 같이 있어 달라고 했기 때문이야."

"엄마가…."

"기뻤지."

예쁜 돌을 늘어놓고 사랑스러워하듯 에노메 씨가 추억을 바라보며 눈을 가늘게 떴다.

그런 얼굴을 가끔 어딘가에서 봤던 것 같다. 구체적으로 어디서인지는 금방 떠오르지 않았지만.

"손님들은?"

"이제 다 돌아가셨어."

그렇구나. 자기가 물었으면서 크게 흥미가 없다는 듯한 대답이 흘러나왔다.

조금 전에 만났는데 얼굴이 흐릿하게 떠올랐다.

정말, 그래, 아주 정말 나는.

"난, 이 집에 안 어울릴지도 몰라."

솔직한 감정을 에노메 씨한테 전달했다.

"안 어울려?"

"응."

천장을 향해 팔을 들었다. 어중간하게 미끄러져 떨어진 기모노의 소매를 바라보았다.

"뭐라고 표현하면 좋을까…. 어깨의 위치가 나랑 안 맞아. 아무리 숨을 내쉬어도 조금 붕 떠 있는 것 같아서… 마음이 진정되질 않아."

그건 이 집에 사는 한 결코 사라지지 않는다.

벗다가 만 기모노를 끌어당기면서 자리에서 일어섰다.

"부탁이 있는데."

"뭘까?"

목소리는 평소보다 훨씬 더 부드럽게 들렸다. 그래야 내가 더 마음 편할 테니까.

"하루만 가출해 보고 싶어."

그냥 막연하게 생각하던 그런 바람을 에노메 씨에게 말해 보았다.

왜 이 사람에게 말했을까? 말하고 나서야 의문이 떠올랐다.

생각해 보니 이 사람과는 그런 거리감이었기 때문이다. 가족이라면 가족 나름의, 친구라면 친구 나름의 거리감이 있다. 그러한 거리감에서 벗어나지 않기 위해 말을 하기도 하고, 선물을 보내기도 하고, 무시하기도 하고, 보고도 못 본 척하기도 하는 등, 다양한 행동이 필요한데… 이건 그것과는 별개로… 이 사람과는 가족도 친구도 아닌 독특한 거리감을 유지하고 있었다.

그러니 에노메 씨에게 상의했던 거다.

"가출이라…."

"응…."

어린아이 같은 제안을 한 자신을 어른이 바라보니 점점 부끄러워졌다.

그런데 에노메 씨는 무릎을 가볍게 두드렸다.

"그럼 바로 해 볼까?"

"어?"

"먼저 집안 어른에게 허가를 받아야지."

"엑."

이번엔 의문이 아니라 정말로 놀랐다. 에노메 씨는 상관하지 않고 바로 방 밖으로 나갔다.

다른 사람 몰래 출발하는 모습을 상상했는데 그것과는 진행이 많이 벗어났다.

"보통 가출 허가를 받으러 가고 그러나?"

역시 이 집안은 평범하지 않을지도 모른다.

그리고.

"왜 그러겠다는 건지는 잘 모르겠지만, 알겠어."

나와 만난 오빠는 의외의 반응을 보였다. 팔을 소매에 숨기듯이 팔짱을 낀 모습으로 진지하게 말을 계속했다.

"특별히 볼일도 없으니, 집을 나가는 게 네 바람이라면 그것도 괜찮지 않을까?"

"으응…."

"허가할 수 없는 날은… 그러네, 다음 주 목요일은 안 돼. 그 이외의 날을 잡아 줘."

볼일이 있는 날엔 가출하지 말라니, 농담이 아니라 진짜로 그렇게 말하는 오빠를 보고 무심코 웃음을 터뜨렸다. 오빠는 뭐가 우스운지 전혀 이해가 안 된다는 듯 고개를 갸웃했다.

"한 번 더 말하지만, 왜 그러는지 잘 모르겠어."

"오빠는 그거면 되지 않을까?"

"그러네."

망설임 없이 고개를 끄덕이는 오빠는 틀림없는 이 집안의 아들이다.

"사모님한테는 내가 말해 뒀어."

준비하고 오겠다며 집안을 빙빙 도는 에노메 씨가 옆을 지나며 그렇게 말했다. 엄마는 어떻게 설명하든 걱정을 할 게 뻔하니 에노메 씨가 대신 이야기해 줘서 다행인지도 모른다. 심경 같은 걸 하나부터 열까지 설명하려면 귀찮기도 하고 몸이 배배 꼬일 것 같다.

"그럼 남은 건."

"응."

에노메 씨는 웃기만 할 뿐, 그곳에는 가 주지 않을 생각인 듯했다.

역시 여러 면으로 엄마 전담인 모양이었다.

나는 어쩔 수 없다며 뒤를 돌아 걷기 시작했다.

"가출할 거야."

마지막으로 아버지한테 직접 말해 두었다.

"응?"

툇마루에서 발톱을 깎던 아버지가 등을 굽힌 채 아무런 표정도 없이 놀랐다. 놀랐다? 그런 것 같았다.

웬일이래.

"그러냐."

하지만 곧장 평소의 태도로 돌아갔다. 아버지는 더는 아무 말도 하지 않았다.

좀 더 깊게 따져 물어야지! 마음속으로만 그렇게 생각했다.

그런 일을 거친 뒤의 저녁.

정말 신속하게 가출이 시작되려고 했다. 짐을 철저히 차에 싣고 가출? 몇 번이고 고개가 갸웃거리려고 했지만 꾹 참으며 지평선이란 밑바닥까지 가라앉기 시작한 저녁놀을 바라보는데.

"안녕~ 히노~"

"켁."

백팩을 멘 나가후지가 잔달음으로 달려왔다. 우리 집에 놀러 온 게 아니라, 딱 봐도 외출할 생각으로 가득 찬 모습이었다. 물론 나는 나가후지한테 한마디도 하지 않았다.

"안 불렀어."

"나도 불러서 온 거 아냐."

화를 내네? 어째서?

"앗, 방금 건 거짓말. 불러서 왔어. 불러서 온 거야."

나가후지가 곧장 평소의 침착한 표정으로 돌아와서는 정정했다. 그 말대로 아무도 안 불렀다면, 아무것도 모른다면 우리 집에 올 리가 없었다. 사실은 아무 말 없이 찾아오고 그럴 것도 같지만, 이제 막 출발하려는 참인데 딱 맞춰서 모습을 보이다니 타이밍이 너무 완벽하다. 누가 출발 시간을 알려 주지 않은 이상은.

짚이는 데가 있어 그쪽을 바라보았다. 평소에도 항상 입고 있는 소매 달린 앞치마 차림인 에노메 씨가 나에게 미소를 지었다.

“외출 준비를 했을 뿐이야.”

“준비라니?”

“너한테 가장 필요한 거라고 생각했거든.”

마음이 쿵, 하고 짓눌린 듯이 뒤로 젖혀졌다. 종이를 접은 듯한 선이 순식간에 그어졌다. 반발심이었다. 나는 그런 감정에 따라 뭐라고 말을 하려고 했지만, 거기에는 광명이 없고 어두운 지면에 발을 대는 듯한 감각밖에 없다는 사실을 깨달았다. 그래서 그럴지도 모른다고 생각을 고쳐먹고는 입을 꾹 닫았다.

그렇듯 섬세한 심리가 있었다.

그런 사실을 절대 알 리 없는 나가후지는 옆에서 만족스럽다는 듯이 남의 머리를 툭툭 두드렸다.

약간 발끈하는 심정이 들었다.

그렇지만.

“이래서야 이미 가출이 아니잖아.”

"가출보다는 여행이 더 즐겁지 않아?"

에노메 씨는 시원스럽게 인정해 버렸다. 나는 그 말을 듣고 또 뭐라고 말을 하려고 했지만, 또 그럴지도 모른다고 생각을 고쳐 먹고는 차에 올라탔다.

열세 살인 나는 집안의 힘을 빌려 다리를 힘껏 내디디면서 어딘가에 가려고 한다.

자, 어디로 갈까.

뜻하지 않은 계기로 나가후지와 함께하는 여행이 시작되었다. 초등학교 수학여행 이후로 처음인가.

그때는 교토로 갔다. 역시 교토는 차를 타고 가기에는 멀다.

"어디로 갈까요?"

차를 몰면서 에노메 씨가 행선지를 물었다. 지금은 어디로 가는 중일까.

앞의 경치는 아직 낯이 익은 마을이었다.

"어디로 갈까…."

솔직히 말하자마자 가출이 시작될 거라고는 생각을 못 했기 때문에 염두에 둔 곳이 하나도 없었다. 그리고 생각했던 것과는 많이 달랐다. 그런 생각을 하며 옆의 나가후지를 돌아보았다. 나가후지는 마침 안경을 벗는 중이었다.

"가고 싶은 곳 있어?"

"음~ 히노네 집."

"바보."

이 녀석은 정말 우리 집을 좋아하네. 역시 서로 태어나야 할 집을 잘못 선택한 것 아닐까? 그렇지만 우리 집에 완벽히 물들어 등을 똑바로 하고 시원스럽게 대답을 하는 나가후지는 별로 보고 싶지 않았다. 그건 내가 알고 있는 나가후지가 아니니까.

나가후지에 관해 모르는 일이 늘어나면 좀 초조해진다.

그렇다고 계속 똑같아서는 분위기가 정체되고 만다.

그게 조금 어려운 부분이라는 생각이 든다.

"너는… 바다랑 산 중에 어디로 가고 싶어?"

나는 곧장 결정하지 못할 듯해서 나가후지에게 물어보았다. 나가후지는 별로 망설이지 않았다.

"바다."

"호오."

"음식."

음식은 필요 없어.

"바다에 가고 싶대."

에노메 씨는 "알겠습니다."라고 말하더니 어깨를 들썩이며 웃었다. 물론 그 마음을 모르진 않는다.

내가 갈 곳을 나가후지가 결정하다니, 이상한 이야기다.

어차피 같은 방향으로만 걷고 있지만.

"나랑 같이 가 주고 있는데, 집안일은 괜찮아?"

"다른 가정부도 있으니까요. 그리고 제가 해야 할 일은 사모님이 해 주겠다고 하셨어요."

"호오…."

"굉장해~"

앙?

"엄마가 집안일을 할 줄 알아?"

"못 해."

쿡쿡. 앞을 본 채 에노메 씨가 웃는 소리가 들렸다.

정말로 즐거운 듯한 웃는 소리였다.

"쿠케케케."

"대항하려 하지 마."

기묘한 웃음소리를 내던 나가후지는 곧장 태연한 표정으로 돌아가더니 창밖을 바라보았다. 밖은 아직 낯익은 광경이 계속되고 있다. 여기서 얼마나 더 멀어져야 나는 히노라는 이름이 옅어지게 되는 걸까.

"…바다는 바다인데, 어느 방향으로 갈 거야?"

갈 곳은 있는지 물어보았다. 우리 집에서 간다면 북쪽이나 남쪽으로 쭉 달리는 건가?

"조사도 안 하고 료칸을 향해 가고 있어요. 아직 문을 닫지 않았으면 좋겠는데요."

"료칸?"

"옛날에 머물렀던 숙소예요. 바다 근처거든요."

"그래~?"

숙소라는 표현이 어딘가 모르게 마음에 들었다.

하지만.

"…사라지고 없으면?"

"그건 그때 생각해 보죠."

에노메 씨는 시종일관 동요하지 않고 웃었다.

그래, 가출인데 전부 준비되어 있고 안정되어 있으면 이상한가.

그렇게 생각하기로 하고 의자에 깊숙이 몸을 기댔다.

어둠에 휩싸이니 그것만으로도 졸음에 위팔을 붙들린 것만 같았다.

결론부터 말하면 료칸은 있었다.

"이게 아냐~"

에노메 씨는 놀랐지만, 아무래도 낡아서 새로 다시 지은 모양이었다.

우리 둘은 그런 에노메 씨가 접수를 끝내길 로비의 의자에 앉아서 기다렸다. 나가후지는 그동안 계속 싱글거렸다.

"그렇게 즐거워?"

"참 좋다~"

어딘가 모르게 서로의 대화가 맞물리지 않았지만, 항상 있는 일이다.

방에 짐을 놔둔 후, 밤이 찾아오기 전에 바다를 구경하러 다 같이 산책에 나섰다.

겨울 바다에 와 보기는 처음이었다. 나에게 바다란 항상 푸르렀고, 항상 여름과 함께한 모습이었다. 지금 보는 해변은 양쪽 다 아니다. 지금 있는 거라곤 나가후지의 솔직한 감상뿐이었다.

"다리가 추워."

스커트를 입고 있던 나가후지는 몸을 덜덜 떨었다. 해가 거의 저물어 가는 시간이라 유난히 더 차게 느껴지는 듯했다. 나가후지는 그래도 모래 소리나 감촉에서 뭔가 느껴지는 게 있었는지, 신나게 이리저리 걸어 다녔다. 물론 나는 같이 다니지 않았다. 에노메 씨도 밤이 된 바다를 바라보고 있다.

그런 에노메 씨는 아무것도 묻지 않았지만 나는 속마음을 털어놓았다.

"집에 관해서 조금 생각해 보고 싶었어. 그런데 집에 있으면 그런 기분이 안 들잖아."

억지로 바라본다 한들 잘 맞지 않는 부분을 보고 반발하는 게 고작이겠지. 그러니까 다른 공기를 한껏 들이쉴 수 있는 곳에서 조금이라도 어깨와 머리를 진정시켰으면 좋겠다고 생각했다. 그런 정도의 동기였다. 하지만 결과적으로 그건 뜻대로 되지 않을 듯했다.

"나가후지가 있으면 그런 생각을 할 틈이 없잖아."

저 녀석은 멍하지만 침착하지 못하니까. 그런 나가후지에게 휘둘려 나까지 침착함을 유지할 수 없어진다. 고민과는 대척점에 있지만 그래도 저 녀석이 있어 다행일지도 모른다. 밤이 깊어 가는 바다 앞에서 그런 생각을 했다. 이곳에 혼자 있었다면 분명 생각에 구멍이 뻥 뚫려 물이 스며 들어와 가라앉아 갔을 테니까.

"일찍 들어가서 따뜻한 물에 몸이라도 담글까요?"

"그럴래."

나는 목줄이 풀린 강아지처럼 해변을 뛰어다니는 나가후지를 멍하니 눈으로 계속 좇았다.

"왜?"

"왜왜왜."

"왜 너까지 들어왔어?"

료칸 방에는 욕실이 딸려 있는데, 그곳도 상당히 시설이 괜찮았다.

우리 욕실보다는 좁지만.

그건 상관없는데, 그 욕실에서 움직이는 그림자가 두 개.

나랑 나가후지였다.

"뭐 어때. 큰 욕실인데."

그건 이유라고 할 수 없잖아? 그렇게 생각을 하다가 수증기에 가로막혀 도중에 포기했다.

누가 봐도 대충 몸과 머리를 씻은 나가후지는 얼른 욕조 안으로 뛰어 들어가 몸을 녹였다. 나가후지는 목욕을 좋아한다. 우리 집에 머물 때도 대체로 욕조에 몸을 오래 담그다 현기증을 일으켜 방의 구석에서 축 늘어진다.

그런 나가후지가 물장구라도 치듯이 물을 치는 소리가 등 뒤에서 들려왔다.

어릴 적부터의 습관은 몇 살이 되어도 건재한 듯했다.

"아키라는~"

"앙~? 뭔데~?"

"아키라네 집이 싫어?"

여태 눈치를 못 챘었냐? 그런 말이 나오려 했다.

"응. 그냥저냥."

나가후지니 어쩔 수 없다고 금방 받아들였다. 그래서 대충 받아넘겼다.

"별로 좋아하진 않아."

"그래~?"

나가후지의 대답은 별생각 없을 때의 그것과 다르지 않았다. 어차피 남의 일이니까.

"호오~"

"아니, 아무 말 안 해도 돼."

욕조에 몸을 담근 상태로 머리를 쓰게 했다간 나가후지는 현기증을 일으킬지도 모른다. 그런데 욕조 밖으로 나오는 소리가 들렸다. 돌아보니 나가후지가 찰싹찰싹 발소리를 내며 이쪽으로 다가오고 있었다. 무슨 말을 하기도 전에 나의 바로 뒤에 앉았다. 위압감과 열기와 나가후지의 살결의 냄새가 앞으로 숙이고 있는 등을 두드렸다.

"머리 감겨 줄게."

"왜?"

의문을 대답 대신으로 받아들였다는 듯이 나가후지가 손가락으로 내 두피를 쿡쿡 찔렀다.

"아프잖아!"

반쯤은 갑자기 시작해서 당황한 감정을 숨기기 위해 외친 거였다. 나머지 반쯤은 진심이었다.

"어? 생각보다 머리카락이랑 머리의 거리가 가까웠어."

"무슨 말인지 모르겠네… 갑자기 왜 그래?"

"자자, 그러지 말고."

박박, 나가후지가 남의 머리를 마구 휘저었다. 안도, 밖도.

"너, 잘 못 하잖아!"

"남의 머리라 힘 조절이 어려워서 그래."

듣고 보니 그런지도 모르겠다. 나도 남의 머리를 감겨 준 적이 없다. 그렇다면 조금 조절을 잘 하지 못해도 그건 당연한 일이라고 받아들여야 하는 걸까. 그렇게 생각하다가 정면의 거울에 비친 자신을 바라보고 깨달았다.

"이래선 머리를 헝클기만 하는 거잖아. 샴푸는 좀 써 줘."

"앗, 깜빡했어."

나가후지가 쭉쭉 샴푸를 짜서 흘렸다. 직접 물을 뿌리듯이.

앞머리의 뿌리 사이를 빠져나와 이마를 가르듯이 흘러 내려오는 감촉에 나는 눈을 가늘게 떴다.

"너 말이야."

"가려운 데는 없으신가요?"

"눈."

"아프면 오른손을 들어 주세요~"

"그만해. 지쳤어."

순간 생각난 말을 일단 하고 보는 습관 좀 어떻게 안 될까?

이 이후로 나가후지는 조금 힘 조절을 하며 내 머리를 감겨 주었다. 거품으로 내 머리카락이 부풀어 올랐다. 가끔 유난히 거대한 거품이 생기면, 나가후지는 그걸 손가락으로 찔러서 나누고는 매우 만족스러워했다.

"그런데 이건 뭐 하는 거야?"

"응? 의미 없어. 그냥 해 보고 싶었을 뿐."

"그래, 맞아. 넌 그런 애야."

상관없나. 그냥 나가후지가 마음대로 하게 놔두기로 했다. 하고 싶은 일을 하는 거라면 나가후지는 만족스럽겠지. 그리고 나가후지가 만족한다면, 그건 대부분의 경우 나한테도 나쁘지 않은 일이란 생각이 들었다.

"나가후지는 참 이상한 애야."

나에 관한 일인데 내가 아닌 다른 사람이 결정해도 받아들일 수 있으니까.

"아키라는 날 나가후지라고 부르게 됐네?"

따뜻한 물로 머리를 헹구면서 나가후지가 말했다.

물소리가 그칠 때까지 기다렸다가 대답했다.

"너도 다른 사람이 있으면 히노라고 부르잖아."

"응."

그건 서로의 거리가 멀어져서 그런 걸까, 아니면 자신의 위치를 의식하게 되어서 그런 걸까.

흐물흐물했던 감정이 아주 조금이지만 단단해져서.

더 구체적인 형태가 됐을 때, 그제야 비로소 정체와 이름을 발견하게 되는지도 모른다.

나가후지를 부르는 마음의 이름을.

“나도 여러모로 생각하고 있어.”

“정말로?”

“그럼 지금 무슨 생각 했는지 들어 볼래?”

“지금?”

하하하, 하는 웃음소리가 울려 퍼졌다. 젖은 앞머리를 쓸어 올리고 물을 털어 내듯 가볍게 흔들었다.

눈가의 물을 닦아 내니 매일같이 흐려지기만 했던 눈앞이 환해지는 기분이었다.

…그런데.

잠깐만. 그 생각이 뭔지 말을 할 기색이 없다.

“말해 봐.”

거울 너머로 나가후지와 서로 마주 보았다. 나가후지는 눈을 껌뻑이더니 빠르게 욕조로 돌아갔다.

“야.”

“잊어버렸으니 진정을 좀 하고 한 번 더 생각해 볼게.”

“아니, 그만 포기해.”

“분명 문어인가 오징어랑 관계가 있었어.”

“네가 문어가 되어 버릴걸?”

어이없어하며 나가후지 옆에 몸을 담갔다.

욕조 물의 따뜻함은 나가후지와 나 사이의 흐름을 형태로 만든 것만 같았다.

다음 날 아침. 토마토와 나가후지가 나를 깨웠다. 내 얼굴을 들여다보며 그늘을 만들었다.

"너 뭐야?"

과연 나는 무엇을 보고 말하는 걸까. 양쪽 다인가.

"모닝콜입니다."

"부탁한 적 없어."

아무튼 좋다. 나는 몸을 일으키려 했다. 그런데 나가후지가 방해가 되었다.

"야."

"왜애?"

"얼굴이 닿잖아."

이대로 그냥 일어났다간 코가 서로 부딪친다. 그런 위치에 나가후지가 있었다. 게다가 가만히 있었다. 어쩔 수 없이 내가 옆으로 이동해 일어나려고 했는데, 나가후지는 내 머리 정면 위를 쫓아왔다.

"위~잉."

짜증 나.

"일어나려는데 이상한 놀이에 끌어들이지 마."

"히노가 일어날 때까지 한가했거든."

"알맞은 이유인 것 같지만, 전혀 아니야."

휘이휘이. 손으로 쫓아내니 나가후지가 뒹굴듯이 멀어져 갔다. 그제야 나는 겨우 일어날 수 있었다. 창문 너머에서 빛이 보이니 극단적으로 이른 시간은 아닌 듯했다.

"그리고 히노여."

"앙?"

"토마토라고 생각하는 듯하나 이것은 사과 군이니라."

나가후지가 의기양양하게 뒤집자 눈이 가운데로 쏠린 사과 군이 '안녕' 하고 인사를 했다.

"시끄러."

"난 나가후지 씨야~"

"이럴 땐 사과 군이 돼야지."

옷을 갈아입고 돌아가기 전까지 뭘 하면 될지 궁리했다. 궁리하고 있는데.

"낚시라도 갈까요?"

어딘가를 갔다가 방으로 돌아온 에노메 씨가 그런 제안을 했다. 낚시라, 나는 바다를 슬쩍 바라보았다.

"해 본 적 없는데."

"낚은 걸 먹어 본 적이라면 있어."

약간 의기양양한 나가후지는 무시한 채 고민을 하자 에노메 씨가 미소를 짓기에, 무심결에 그걸 이유로 낚시를 해 보기로 했다. 어차피 따로 할 일도 없으니까.

난 대체 뭘 하러 온 걸까. 새삼스럽지만 그런 의문이 생겼다.

아침을 먹고 에노메 씨를 따라 방파제까지 걸었다. 도중에 나가후지가 깜빡하고 안경을 안 썼다는 걸 깨달았지만, 나를 보더니 "상관없나."라고 하며 돌아가길 포기했다.

어제와는 달리 구름이 많은 편이긴 했지만 가끔 푸른 하늘이 보였다. 하지만 여전히 추웠다.

바다 근처로 가니 역시 바람이 얼음장 같았다. 지금이라면 얼음 입자가 선을 그려서 바람의 흐름이 보이지 않을까 하는 생각이 들 정도였다. 그래도 낚시하는 사람이 드문드문 보였다. 낚시꾼은 바람이 부는데도 과묵하게 가만히 바다를 응시했다. 내 시선도 역시 옆 사람처럼 너른 바다를 향했다.

멀리서 작은 어선이 파도에 흔들리듯 바다 위를 나아가는 모습이 보였다.

본 적이 없는데 어쩐지 그리움이 느껴지는 거리감이었다.

사람이 없는 장소로 이동한 다음 에노메 씨가 준비한 낚싯대를 건네받았다. 에노메 씨는 잡는 법과 사용법을 모르는 나에게 어떻게 하면 되는지 자세히 가르쳐 주었다.

"낚시 좋아했구나?"

"아니. 전에 배운 대로 고스란히 말을 해 주고 있을 뿐이야."

혼자서 날갯짓을 하듯이 흩날리는 머리카락을 누르면서 에노메 씨가 말했다.

전이라. 전에 여기에 묵었을 때도 이렇게 낚시를 즐겼을지도 모른다.

마찬가지로 설명을 들은 나가후지와 조금 거리를 두고 낚싯줄을 바다로 던졌다. 물이 들어간 양동이는 준비했지만 도무지 낚일 것 같지는 않았다. 그래도 만약 낚는다면 가지고 돌아가 먹을 생각이었다.

힘들게 낚았는데 바다에 던지면 쓸데없이 두 번 일하게 되는 거라고 하면 될지… 이상한 일이라 생각했다.

"낚는다면 붕장어가 좋겠어."

낚싯대를 의미도 없이 흔들며 나가후지가 사냥감을 확정 지었다. 사실은 아무것도 보이지 않을 테지만.

"붕장어라… 있을까?"

방파제 가장자리에서 바다를 내려다보았다. 강보다 깊은 그곳에서는 물고기의 숨결을 확인할 수 없었다.

"없다면 뱀장어 잡을래."

"…뭐가 먹고 싶은지는 대충 알겠어."

나가후지의 바람은 이뤄지지 않을 거란 사실도.

그리고 10분 후.

나가후지는 가만히 있기가 질렸는지 낚싯대를 에노메 씨한테

맡기고 주변을 어슬렁거렸다. 이렇게 될 줄 알았다. 에노메 씨는 낚싯줄을 드리우지도 않고 내 곁에 있었다.

"의외로 성미가 급한 아이인가 보네."

"그런가?"

성미가 급한 것과는 다르지만 정확히 표현할 수가 없었다. 그 나가후지가 시선의 끝에서 뭔가를 주워 왔다. 그게 뭐야? 망가진 환풍기 날개?

아니네. 자세히 보니 선풍기의 날개… 그것도 아니고, 부메랑인가? 누군가가 가지고 놀다가 깜빡 놔두고 갔는지도 모른다. 나가후지는 주운 그걸 얼굴을 바짝 대고 바라보았다. 안경이 없어서 보이지 않는 모양이었다. 눈이 그렇게 나빠졌었구나. 그런 생각을 했다. 인식을 끝냈는지, 나가후지는 부메랑의 먼지를 닦듯이 털어 낸 후 사람이 없는 곳으로 타다닥 뛰어갔다. 뭘 할 생각인가 해서 바라보니, 그냥 부메랑을 던지는 거였다.

스핀을 넣어 던졌지만 부메랑은 특별히 멀리 날지도 되돌아오지도 않은 채 지면에 떨어졌다.

던진 것까지는 좋았지만 특별히 던지는 기술이 있지는 않았던 듯했다.

나가후지는 떨어진 부메랑을 주우러 달려갔다. 프리스비를 쫓아가는 강아지 같았다.

저 녀석은 그냥 내버려 두자.

"안 추우세요?"

에노메 씨가 염려해 주었다. 그런 말을 하는 본인이 몸과 소매를 떨고 있어 추워 보였다.

"추워. 그런데 익숙해졌는지 조금 버틸 만해졌어."

그렇다면 다행이네요, 라고 하면서 에노메 씨가 너스레를 떨었다. 바다를 앞에 두고, 전통복 위에 소매 있는 앞치마를 입고 서 있는 모습이 신기하게도 그림이 됐다. 어깨에 걸친 겉옷이 펄럭거려 마치 이야기가 시작될 것만 같았다.

에노메 씨는 낚싯대가 아니라 계속 배를 눈으로 좇았다.

"전에 묵으러 왔다고 했는데, 혼자서?"

에노메 씨는 결혼하지 않았다. 과거를 다 파악한 건 아니지만, 적어도 지금은.

"사모님과 같이 왔어. 결혼하기 1주일 전이니, 아주 오래전 일이 되어 버렸네."

바다에 표류하는 추억을 반추하듯이 에노메 씨가 수평선 저 너머를 바라보았다.

엄마와 함께라. 어렴풋이 그렇지 않을까 하고 생각했었다.

"여행 가자고 한 사람은 에노메 씨였어?"

"아니, 사모님."

"의외…는 아닌가. 여행 꽤 좋아하니까."

장기 휴가에는 가족이 같이 해외여행도 자주 가는 편이다. 가족이 그야말로 다 모이는 거라, 첫째 오빠 가족까지 모여 인원이 엄청나다. 패키지 여행의 단체 여행객이라고 착각해도 이상하지 않다.

시끌벅적해서 솔직히 마음이 진정되질 않는다. 하지만 엄마는 그런 분위기를 좋아하는 거겠지.

"그때도 낚시를 했구나?"

"응. 사모님이 해 보고 싶다고 해서."

"뭘 낚았어?"

에노메 씨가 가볍게 고개를 가로저었다.

"낚지도 못했는데 추워져서, 결혼식 전에 감기라도 걸리면 큰일이니 일찍 철수했어."

"흐음."

"료칸에 돌아가 생선 튀김을 먹고 사실상 낚은 셈 쳤지."

"…낚은 셈 칠 수 있는 건가?"

마치 나가후지가 제안할 법한 행동이었다. 사실 나가후지만큼 천연덕스러운 성격이 세상 사람들 사이에선 평범한 건지도 모른다. 지금까지 나가후지처럼 천연덕스러운 사람은 그 본인 외엔 본 적이 없지만.

"이렇게 낚시하는 모습을 보니 사모님을 점점 많이 닮아 간다는 생각이 들었어."

"…그런가?"

나랑 엄마는 일반적인 모녀보다 나이 차이가 크게 난다. 그 나이 차이로 인해 서로의 외모의 비슷한 부분이 조금씩 시간으로 뒤덮여 감추어진 거겠지. 그래서 자신은 좀처럼 발견하기 힘들다. 두 사람을 비교해 볼 수 있는 에노메 씨니까 그런 점을 알 수 있는 건지도 모른다.

"……………………."

그런데 사모님이라. 옛날에는 분명 그런 호칭이 아니라 서로 이름으로 불렀을 텐데.

에노메 씨의 사모님이란 호칭에는 언제나 아무런 망설임이 없었다.

"에노메 씨는 엄마랑 같이 있어서 만족스러워?"

낚싯대는 아무런 대답도 없었다. 그래서 무심코 쓸데없이 흔들어 보고야 말았다.

배를 보던 에노메 씨가 나를 돌아보더니, 바람에 날리는 머리카락과 함께 부드럽게 고개를 살짝 갸웃했다.

"물론 그렇긴 한데… 그게 왜?"

말을 해야 하나 말아야 하나 망설여졌다. 내용을 잘 소화해서 정리하지 못했기 때문이다.

그런 질문을 내던져 봐야 받아들이는 사람은 달갑지 않지 않을까.

하지만 나오다 만 그것은 결국 밖으로 흘러나와 떨어졌다. 강한 겨울바람이 그런 흐름을 낳았다.

"뭐라고 하면 좋을지… 잘 표현은 못 하겠지만, 엄마는 아버지랑 결혼했으니…."

정말로 자신의 마음속에서 떠오른 생각이 잘 연결되지 않았다. 엄마랑 에노메 씨는 같이 있는 게 당연할 정도로, 다른 사람과 비교해 봐도 특별한 상대고, 아버지랑 결혼해서 가정을 이루었는데도 지금도 같이 있고… 그건 나가후지가 만약 다른 누군가와 지내길 나보다 더 우선해 버리면, 하는 감각과 비슷한 것이라… 안개가 무척 크고 넓게 퍼져 수습되질 않았다.

그런 마음으로 던진 질문을 하나의 작은 상자에 담기란 도저히 불가능했다.

"그러네."

말한 본인도 미처 파악하지 못한 말을 에노메 씨가 이해를 할 수 있을까.

에노메 씨가 뺨에 손을 대며 혈관이 불룩 나온 메마른 손등을 드러냈다.

"계속 같이 있는 방법으로는 이게 현실적이라는 얘길 나눴어."

낚싯줄이 팽팽해서 물속으로 끌려가는 듯한 착각이 들었다.

"사모님은 히노 가문을 떠나선 살 수 없고, 그걸 남기려면 그에 걸맞은 규칙을 피해 갈 수는 없으니… 그건 전제 조건이나 마찬가지였어. 처음 만났을 때부터의 전제 조건."

처음을 되돌아보듯이 에노메 씨의 옆얼굴은 향수에 젖어 누그러져 있었다.

분명 좋은 추억뿐이라 언제 되돌아봐도 만족스러운 거겠지.

엄마 이야기를 할 때, 엄마랑 이야기를 할 때, 에노메 씨는 그런 표정을 지으니까.

“그건 히노 가문의 사람으로서 내린 결정이야. 하지만 사모님은 틀림없이 나와 함께 있기를 바랐어. 그게 그 무엇보다 기뻤으니 나는 만족해.”

“…그렇구나.”

대답하기까지의 시간 동안 떠오른 것은 어째서인지 나가후지의 얼굴이었다.

잠깐 주변을 돌아보면 금방 발견할 수 있을 텐데, 머릿속에까지 그 아이가 있었다.

참 바쁜 애라니까. 그런 생각이 들어 작게 웃었다.

그 웃음은 점차 어둑어둑한 겨울 색을 띠었다.

“엄마는 그랬지만.”

“응?”

“난 엄마랑 다르게 히노 가문을 남기는 일엔 필요 없다나 봐.”

오빠들도 많고.

“응.”

“그럼 난 뭘까?”

오빠들이 많이 태어난 뒤에 마지막으로 집에 태어났으니까.

어떤 이유로 나는 히노 가문에 머물러 있는 걸까.

“그건 자신이 아니라 주변 사람에 따라 변하는 거야.”

에노메 씨는 이번엔 생각하지도 않고 바로 대답해 주었다.

“내 입장에서 너는 소중한 사람의 딸. 그러니 소중하게 대해 주고 싶고, 다정하게 대해 주고 싶고, 우호적인 관계를 쌓고 싶어. …불만일까?”

“아니….”

무슨 말을 하면 될지 말로 표현하기 힘들었다. 그리고 어중간한 목소리는 바람에 휩쓸렸다.

에노메 씨는 가능한 한 차분하게, 하지만 절대 바닷소리에 지워지지 않도록 목소리를 나에게 전달했다.

“자신이 어떤 사람인지 깊게 생각하지 않아도 괜찮아. 주변 사람이 알아서 정해 주니까. 그게 참을 수 없을 만큼 불만이라면 그때 움직이기 시작하면 돼.”

“…후와.”

한창 사춘기인 사람의 고민을 사려 깊게 정리해 주었다.

어른은 굉장한걸? 하는 감탄이 나올 것만 같았다.

아버지랑 비교하면 엄청난 차이 아닐까. 어른도 옥석의 차이가 있는 건가.

“에노메 씨는 말을 잘 하네.”

"당주님이랑 비교하면 누구나 그렇지."

"맞는 말이야."

"물고기 낚았어~?"

주변을 이리저리 돌아다니던 나가후지가 돌아왔다. 마침 이야기가 일단락된 시점을 가늠하고 온 걸까. 설마, 그럴 리가. 나는 바로 부정했다. 나가후지는 그런 녀석이 아니다.

그리고 주웠던 부메랑을 또 가지고 왔다.

"성과는."

나가후지가 파란 양동이를 들여다보았다. 물론 수면은 온화하게 펼쳐져 있을 뿐이다.

그런 양동이를 나가후지가 덜걱덜걱 흔들었다.

그리고 탁, 하고 남의 어깨를 거리낌 없이 두드렸다.

"초보는 다 이런 법이지."

이런 녀석이다.

"네 다릴 양동이에 집어넣을까?"

"오오, 그런 수가 있었나?"

내 대답을 듣고 나가후지가 감탄했다. 당연히 농담이지. 그렇게 생각했는데 나가후지가 양동이 옆에서 몸을 굽혔다. 가만히 들여다보고는 시험해 보듯이 오른손의 검지를 물에 담갔다. 곧장 빼내고는 손가락을 휙휙 흔들었다.

"너무 차가우니 그만둘래."

"오늘은 현명하네?"

"물고기도 열심히 노력하고 있구나. 이렇게 차가운 물속에서 살아가다니."

"…거기다 다정하기까지 하고."

비꼬는 말을 거의 제대로 못 알아듣는 나가후지는 특별한 반응을 보이지 않았다. 일어나서 내 머리카락을 쥐기도 하고, 등을 때리기도 하고, 어깨를 누르기도 하는 등, 딱 봐도 한가해서 어쩔 줄 모르는 행동을 하기 시작했다.

"방해돼."

"히노가 멍하니 있어서 따분해 보였거든."

"…넌 평생 낚시를 이해 못 할 것 같아."

나도 아직 모르지만.

결국 낚지는 못했지만, 낚싯줄은 잠깐 뭔가에 걸렸던 것 같기도 했다.

그리고 시간이 되어 돌아가려다가 문득 뒤를 돌아보았다.

바다처럼.

같은 장소라도 시간이 변하면 다른 공간처럼 느껴진다.

나는 계속 나가후지와 그러한 감정을 공유해 왔던 것이리라 생각한다.

"먼저 정육점에 들를까요?"

"아니요, 괜찮습니다. 괜찮아요~"

차 안에서 웬일로 나가후지가 사양을 하기에 조금은 어른이 되었다 싶어 감탄했다.

돌아가는 길 도중의 이야기다.

"사양 안 해도 돼."

"……? 한 적 없는데."

나가후지가 무슨 소린지 모르겠다는 듯이 눈을 휘둥그렇게 떴다.

말이 통하지 않았다는 생각이 들어서… 아니, 나가후지는 항상 그렇긴 하다고 생각하면서도 대체 무슨 소린가 하고 당황했다.

그 의미는 우리 집 앞에 차가 멈추고서야 알게 되었다.

"이제 히노네 집에서 자 볼까."

"그만 돌아가."

남의 이야기를 안 듣는 나가후지는 차에서 내리더니 곧장 내 옆에 나란히 섰다.

"어? 정말로?"

"이틀 연속이야!"

왜 이렇게 의기양양한 태도인지 이해가 안 된다. 에노메 씨는 옆에서 대화를 듣고 웃기만 할 뿐이었다.

"…그래, 그럼 그러든지."

어차피 일요일이니까. 나가후지가 돌아가면 난 분명 어떻게 시간을 보낼까 고민을 하고 있었겠지.

그런 식으로 셋이 같이 집에 들어가 보니, 맞이하러 나온 사람은 상상한 사람 중에 가장 의외였던 아버지였다.

"다녀왔습니다."

에노메 씨의 보고를 듣고 아버지가 고개를 끄덕였다.

"할 얘기가 있다. 잠깐 좀 보자."

그리고 인사도 안 하고 평소처럼 담담하게 그런 말을 했다. 멀어져 가는 발걸음도 조용했다.

"아…."

기시감이 느껴지는 전개다.

"그럼 잠깐 갔다 올까…."

나는 에노메 씨를 슬쩍 보면서 중얼거렸다. 가출을 해서 화가 났다든가 그런 이야기는 아니겠지.

이미 이건 가출이라 하기도 힘들고.

"짐은 방에…."

"응."

에노메 씨한테 가방을 맡겼다. 어깨를 가볍게 하고 신발을 벗었다.

앞을 보니 아침에 목욕을 한 지 얼마 되지 않아 조금 젖어 있는 머리카락의 감촉이 뺨에 닿았다.

짜박짜박.

"호오호오."

자박자박.

"넌 안 와도 돼."

있으면 이야기가 안 되잖아. 여러 의미에서.

나가후지의 배를 뒤로 밀었다. 그리고 에노메 씨가 뒤에서 옆구리에 팔을 넣어 꽉 몸을 붙들었다.

"우오~ 난 무죄야~"

나가후지가 의미 없이 날뛰었지만 저항은 특별한 결실을 맺는 일 없이 그대로 연행되어 갔다.

결과적으로 맡긴 짐은 복도에 그대로 놔두게 되었다. 자연히 두 번이나 수고를 하게 생겼다.

"…저 녀석은 대체 뭔지."

특별히 즐겁지도 않은 모습으로 마스코트 캐릭터를 연기하는 듯한 존재다.

뭐라 말하기 힘든 여운에 잠기면서 아버지의 뒤를 따라 안쪽 방으로 들어갔다.

아버지는 얼마 전과 마찬가지로 예의 바르게 앉은 채 나를 기다렸다. 시선으로만 나를 보며 앉으라고 재촉했다. 그러고 싶었던 건지 무심코 얼굴 생김새를 봤는데, 오빠들은 모두 아버지를 닮았다는 생각이 들었다. 나는 엄마랑 그다지 닮지 않은 것 같은데.

엄마는 순수한 히노 가문의 딸이라서 그런 걸까.

아버지 앞에 앉자 의외로 잡담 같은 이야기를 시작했다.

"재미있었냐?"

잡담은 거의 안 하는 사람이라 조금 놀랐다.

"응. 재미있었어."

거의 밖에는 안 나가고 나가후지랑 게으르게 지내다가 왔을 뿐이지만.

결국 나는 그걸 가장 원하고 있었는지도 모른다.

지금까지 그런 식으로 살아왔으니까.

"그렇구나."

아버지는 자기가 물어봐 놓고 이야기를 더 이어 갈 생각은 없는 듯 보였다. 좋고 나쁘고도 없다.

이야기를 계속했어도 결국에는 그 한마디로 끝났을 게 뻔하지만.

"그런데… 할 얘기라니?"

기다리라고 부탁은 하지 않았지만, 나가후지는 기다리고 있을 거다.

"응."

아버지는 그렇게 말하며 작게 고개를 끄덕이더니, 나를 보고 눈을 가늘게 떴다.

"네 엄마한테 혼났다."

"…뭐?"

"뭐랄까… 내 말이 부족했던 모양이야."

아버지가 웬일로 약한 소리를 하며 기운 없이 눈을 감았다.

이럴 때의 얼굴은 넷째 오빠랑 닮았다.

"그래서 조금 더 이야기를 하는 거다만."

"으응."

"아이들 중에서는 네가 제일 나랑 닮았다."

솔직히 말해 지금도 말이 부족하다고 해야 할지… 무슨 이야기냐는 생각이 들기도 해서, 마주 보며 정말 닮았나 하고 고개를 갸웃하고 싶어졌다.

"그런가?"

"이 집에 잘 적응을 못 한다는 점이 말이다."

아버지가 알기 쉽게 지적했다. 얼이 빠져 입은 옷이 어깨를 미끄러져 내려올 것 같은 느낌이 들었지만, 아버지는 상관없이 말을 이어 갔다.

"너한테 얘길 했는지는 모르겠지만, 나는 원래 히노 가문 사람이 아니야."

"응… 뭐였더라? 데릴사위?"

"그런 거라 할 수 있지. 자초지종은 좀 다르지만, 그거야 어찌

되든 상관없는 일이다."

설명을 귀찮아하는 점은 분명 나와 닮았을지도 모른다.

"나는 히노 가문을 위해 살았다. 좋고 나쁘고의 문제가 아니라 그걸 받아들였다. 어깨는 결리고, 음식은 싱겁고, 예의상 계속 웃어야 해서 힘들지만, 내가 이런 삶을 선택했으니 불만은 없다."

담담한 듯해 보여도 싱겁다는 이야기를 할 때만큼은 목소리가 조금 거칠어졌다.

무심코 웃음을 터뜨릴 뻔했다.

하지만 지금은 아주 진지한 이야기를 하는 도중이었다.

"그러니 너도 네가 받아들일 수 있는 삶을 살았으면 한다."

"……………………."

투박하고, 어디에서나 들을 수 있을 듯한 흔한 교훈.

아버지 나름대로 깊이 생각하고 전달하는 이야기가 아닐까 한다.

그렇기에 나는 그걸 진심으로 받아 주어야 한다고 생각했다.

"알았어."

그래. 아버지의 목소리가 조금 상기된 것처럼 들렸다.

"얘기는 그게 다다."

아버지가 일어서더니 머리를 긁적였다.

"잘 얘기했다고 네 엄마한테 말해 다오."

다짐을 받아 두듯 그런 말을 남기고 아버지는 얼른 그 자리를 떠났다.

그건 직접 말해야지. 혼자서 그렇게 중얼거렸다.

"뭔가 좀…."

힘이 빠졌다. 의미를 잘 알고 하는 말이냐고 하고 싶은 기분마저 들었다.

무슨 말인지는 알겠지만 말이야. 작게 그런 말을 덧붙이면서.

"아버지랑 닮기도 하고 엄마랑 닮기도 하고… 누굴 닮은 거야?"

그런 말을 중얼거리다, 두 사람을 다 닮았다는 사실을 깨달았다.

두 사람을 다 닮은 거야 당연한 일이다. 난 두 사람의 딸이니까.

히노 가문의 아이니까.

그 자리에서 드러누우려고 몸을 기울였다 역시 그만두자고 생각해 배에 힘을 주며 일어났다.

나를 기다리고 있는 녀석이 있다는 점을 떠올리고 나도 빠른 걸음으로 방 밖으로 나갔다.

도중에 발소리 탓에 누군가가 복도에서 뛰지 말라고 주의를 준 듯도 했지만 멈추지 않았다.

"앗, 어서 와."

방으로 돌아가 보니 나가후지가 짐을 정리하고 있었다. 오늘 갈아입을 옷을 준비하고 있는 모양이었다.

정말 처음부터 우리 집에서 자고 갈 생각이었던 건가?

"히노네 아빠, 화났어?"

"아니. 그 사람이 화내는 모습은 본 적이 없어."

웃지도 않지만. 격렬한 감정과는 인연이 없는 사람인 거겠지.

그런 사람도 싱거운 음식에는 불만이 있다는 사실이 조금 우스웠다.

나가후지는 나를 발견해 안심이 된다는 듯이 안경을 벗었다. 나가후지를 보니 입을 우물거리며 움직이고 있었다.

"뭐 먹어?"

"사탕. 이거 먹고 얌전히 있어 달라고 해서 그 요구를 받아들였어."

"애냐."

애지만. 열세 살은 누가 봐도 어린이로, 힘이 없고 불안정하다.

그리고 나이에 걸맞게 고민하면서 대답을 찾아가야만 한다.

그건 몇 살이 되든 변하지 않는 인생의 숙명 같은 것이다.

"있잖아, 나가후지."

앉아서 뺨 한쪽이 조금 부풀어 오른 나가후지를 바라보았다.

"응~?"

"너랑."

너랑 함께 지내는 게 나에겐 곧 살아가는 걸 의미해.

말을 하려고 했지만 의외로 쑥스러워져서 나오려던 말이 그대로 쏙 들어가고 말았다.

"나랑?"

나가후지가 그런 말을 하며 무릎걸음으로 다가왔다. 비슷했던 키였는데 뚜렷한 차이가 나기 시작했다.

앞으로는 나가후지를 올려다보며 살아가게 되는 걸까.

나가후지는 항상 거기에 있다.

…그럴듯한 소릴 해 봤지만 별로 감동스럽지는 않았다.

"…뭐 하고 놀까 해서."

"그런 얘기였구나."

데굴데굴데굴데굴, 사탕이 입안에서 움직이는 모습을 보기만 해도 알 수 있었다. 대체 몇 개나 먹은 거야?

"그럼 히노를 가지고 놀자."

"뭐?"

"놀게 해 줘~"

나가후지가 달려들었다. 그래서 당연하다는 듯이 옆으로 뛰어 피했다. 피해도 곧장 나가후지가 달려들었다. 도망쳤다. 반복하다가 둘이서 쿵쿵 뛰자 누군가가 화를 내는 소리가 들린 것 같아 나는 웃었다.

이게 내가 받아들일 만한 삶이라고 한다면 이젠 웃을 수밖에 없다.

하지만 지금까지 이렇게 살아왔으니 다른 삶을 발견할 수 없어서.

그렇다면 아예 철저히 이렇게 살아가겠어.

나가후지를 마주 보았다. 빠르게 우물거리는 뺨을 꼬집고 주무르며 가지고 놀아 주었다.

"얼마든지 받아 주마."

이젠 곤란할 필요가 아무것도 없었다.

3장 'TAEKO'

"음~ 맞아~ 이 나가후지 씨한테도 옛날에 이런저런 일들이 있었을 거야~"

"호오~"

"이런 거랑 저런 거가."

"그게 뭔데?"

"뭐 없어?"

코타츠에 들어가 있는 히노한테 물었다. 히노는 경쾌하게 손을 가로저었다.

"없어없어."

"그럴 리 없잖아~"

아무것도 없다면 난 어떻게 살아온 거지? 그런 생각이 들었지만 좀처럼 생각이 나지 않았다.

세계가 전부 불확실해도 살아 있을 수 있구나.

"음~ 난 철학적이야."

"무지 졸려."

"자면서 들어."

"알았어."

히노가 눈을 꼭 감았다. 확인한 다음 이야기를 시작했다.

"나도 이런 청춘의 섬싱 엘스가 있었을 거 아냐. 그때 느낀 그게 지금을 형성한다는 그런 거… 응, 그거. 그런데 생각나는 건 어제 먹은 저녁 정도란 말이지. 어? 어제였던가? ……그러니까

감자는 분명히 먹었어… 카레? 아니. 카레는 아니야. 카레 같은 냄새가 안 나. 뭘 먹었더라.”

“쿨~”

“듣고 있어?”

히노의 어깨를 흔들었다.

“잠 좀 자자.”

“뭐 없냐고.”

“포기해.”

“우으~”

나의 대부분을 알고 있는 히노가 이렇게 말하고 있으니, 정말로 씁쓸한 과거는 없었는지도 모른다.

달콤한 인생인가.

그건 그거대로 좋네.

“없으면 됐어. 그만, 그만.”

끝났다.

한 번 더 '타에코 묘한 날, 소탈한 아이[*]'

부드럽고 밝고 둥근 걸 발견한 기분이었다.

히노를 처음 봤을 때는 그런 마음 편한 감상만이 느껴졌다.

"히노 아키라야~"

유치원에서 처음으로 본 히노는 아직 나랑 키 차이가 없었다. 어쩌면 히노가 조금 더 컸을지도 모른다. 머리는 이 즈음부터 좌우로 갈라서 아래로 내린 모양이었다.

"아키라? 남자아이?"

"아니야."

내가 이상하다고 생각해 지적했지만 히노는 곧장 부정했다. 익숙한 일인지 반응이 빨랐다. 그런 히노 다음은 내가 자기소개를 할 차례였다.

"나가후지 타에코야~"

친근하게 인사를 했더니 히노가 발끈하며 다가왔다.

"따라 하지 마."

"한 적 없어."

※원서의 소제목은 「たえこ 妙なる日、野たる子」로 만화 『なるたる(骸なる星 珠たる子)』(나루타루(육체가 되는 별, 영혼인 아이). 국내 정식 발매판의 제목은 『드래곤 드림』)의 패러디로 보인다. 또한 제목의 한자는 히노(日野)와 타에코(妙子)의 이름에 있는 한자들로 이루어져 있다.

참고했을 뿐이었다. 둘이서 투닥투닥 서로를 때렸다. 곧장 선생님이 말렸다. "위~잉." 선생님에게 안겨 히노와 떨어지게 되었다. 직접 걷지 않고 움직이니 생각보다 훨씬 편했다.

그 나이에 게으름이 뭔지 배웠다.

그리고 그 후에는 내가 조금 더 많이 혼났다. 그때는 신기하게도 왜 내가 더 혼나지? 같은 생각을 전혀 하지 않았지만, 시간이 지나고 보면 알게 되는 일도 있다. 내가 조금 더 다른 아이들보다 남의 말을 잘 안 듣는 것처럼 보이기 때문이었다. 그건 초등학생이 되어서도 자주 지적을 받은 일이다.

그런데 히노한테 그런 이야기를 하자 '그런 게 아냐'라고 말하며 어둡게 웃었다.

그럼 결국엔 이유가 뭐였던 걸까.

뭐, 그건 제쳐 두고.

선생님한테 혼난 뒤에 큰 방으로 돌아가 보니 다른 아이들은 모두 밖으로 놀러 나가고 없었다. 방에 남아 있는 아이는 선생님한테 혼이 났던 히노와 나뿐이었다. 뒤처졌다는 기분에 휩싸이면서 바깥 경치를 바라보았다. 히노도 마찬가지 기분이 아니었을까.

그 히노를 뒤에서 보고 문득 깨달았다.

"있잖아, 아키라."

말을 걸었더니 히노가 흠칫했다. 나를 보고 또 발끈한 표정을 지었다.

"뭔데?"

"등에 벌레가 붙었어."

"뭐라고?!"

히노는 당황하면서 나를 향해 등을 내밀었다.

나는 물론 도망치듯이 뒤로 물러났다.

"떼 줘, 어서."

"뭐~? 난 벌레 못 만지는데…."

"엑~?!"

아무거나 만지고 그러지 말라는 부모님의 충고를 지키려고 하다 보면 그렇게 되고 만다. 그리고 아무리 봐도 벌이니, 벌에 쏘이면 어쩌나 하면서 나는 히노랑 같이 허둥댔다.

"다른 걸로 쫓아내 줘. 저거, 저거로."

히노가 이거 저거 하면서 근처에 있는 물건을 가리켰다. 도구를 써서 쫓아내 달라는 말인 듯했다.

"뭐어?! 벌레가 뭉개지면 옷 더러워질 텐데?"

"윽."

히노가 움직임을 멈췄다.

"엄마랑 에노메 씨한테 혼나."

"그치그치?"

"왜 잘난 척을 해…?"

히노가 게걸음으로 이동했다. 그리고 담겨 있던 블록 모양 장난감을 가지고 돌아와 또 나에게 등을 보여 주었다.

"어느 근처에 있어?"

"어디냐면~ 한가운데. 앗, 조금 움직였다."

"어딘데~?"

히노가 좌우로 껑충껑충 뛰었다.

"오른쪽. 아. 아키라가 보기엔 어느 쪽이지?"

"아, 뭐야. 모르겠어."

히노가 블록을 대충 등에 대고 문질렀다. 몇 번인가 왕복하니 성가셔졌는지 벌이 히노의 등에서 떨어져 날아갔다. 오~ 멍하니 날아다니는 모습을 올려다보다가 퍼뜩 정신이 들었다.

이번엔 우리가 도망가야 한다.

"우와~!" 히노랑 같이 방 밖을 향해 달렸다. 문을 열자 벌도 우리를 향해 날아오더니 같이 밖을 향해 날았다. 벌은 멈추지 않고 넓은 세계로 날아갔다.

그걸 보고 나는 히노와 둘이서 나란히 섰다. 히노는 나를 슬쩍 보더니 말했다.

"별로 도움이 안 됐어."

"응응."

히노의 정확한 평가를 순순히 받아들였다. 히노는 밖을 한차례 돌아보더니.

"상관없나."

곧장 기분을 풀고 나를 돌아보았다.

"놀까?"

"응!"

"이름이, 타에."

히노도 내 이름은 금방 외웠던 모양으로, 나는 그게 무척 기뻤다.

"앗키."

"그게 누군데?"

"방금 적당히 지은 별명."

"적당히 짓지 마."

또 히노랑 툭탁거렸다.

이렇게 나와 히노는 서로를 순식간에 인식하게 되었다.

"나, 타에네 집에 가고 싶어."

우리와는 달리 히노네 집은 차로 히노를 데리러 왔다. 히노가 전통복을 입은 여자와 이야기하는 동안 나는 차를 찰딱찰딱 만져 봤다.

"얘가."

나를 데리러 온 엄마가 내 목덜미를 붙잡았다. "위~잉." 그대로 붙잡혀 차에서 떨어질 수밖에 없었다.

"학우의 어머님 되시나요?"

"하, 학우라니."

어째서인지 엄마가 굳어 버렸다.

"잠시 기다려 주세요."

전통복을 입은 사람이 조금 멀찍이 이동해 전화를 걸기 시작했다. 그사이에 나는 히노의 등을 바라보았다.

"벌레 붙어 있어?"

"아니~"

"야호~"

둘이서 기뻐했다. 그런 모습을 엄마는 조용히 웃으며 바라보았다.

"허가를 받았으니 맡아 주시길 부탁드려도 될까요?"

"네, 네에."

전통복을 입은 사람이 전화를 끊고 말을 걸자 엄마가 주춤거렸다.

"괜찮아?"

"네. 자, 타시지요."

히노가 기뻐하며 차 안으로 뛰어 들어갔다. 뒷문을 열어 놓은 채 좌석에 공간을 만들었다.

"같이 타시지요."

전통복을 입은 사람이 미소를 지으며 나를 향해 손짓했다. 괜찮아? 나는 엄마를 올려다보았다.

"집이 어디인지 모르니, 같이 가시는 편이 좋으리라 생각합니다."

전통복을 입은 사람이 대신 의견을 말해 주었다. "그것도 그러네." 엄마도 동의했다.

"그럼 나도 실례를 할까…."

"네, 같이 가시지요."

엄마도 뒷좌석에 올라탔다. 엄마는 차의 바깥, 다른 아이들이나 엄마들을 조금 신경 쓰듯이 문이 닫힐 때까지 그쪽을 바라보았다. 전통복을 입은 사람이 운전석에 앉았다.

"길 안내를 부탁드립니다."

엄마에게 그런 말을 하고 차를 출발시켰다. 유치원에서 멀지 않은 곳이라 길은 나도 알았다. 우리 집에도 차는 있었지만 타고 외출할 만한 일이 거의 없어서 신선한 기분을 맛보았다.

"아키라네 집은 자동차구나~"

"응."

"우리도 자동차 타자."

"안 탈 거야."

진지하게 제안했는데 쌀쌀맞게 거절당했다.

히노네 집이랑 뭐가 다른지 다리를 흔들면서 멍하니 생각했다.

생각하는 중에 집 앞에 도착했다.

"나중에 데리러 올 테니, 그때까지 잘 부탁드립니다."

"네. 그럼요. 네, 알겠습니다."

엄마가 꾸벅꾸벅 인사했다. 전통복을 입은 사람은 예의 바르게 인사를 하고는 차를 타고 떠나갔다.

떠나간 뒤에 엄마는 어깨의 짐을 내려놓은 것처럼 숨을 내쉬었다.

"좁을지도 모르지만 들어가 볼까."

"네~"

그리고 엄마가 재촉하듯이 등을 밀자 히노가 가게 안으로 달려갔다.

"그렇게 달려가도 좁아서 볼 만한 곳은 없을 텐데."

"바보."

엄마가 내 머리에 가볍게 꿀밤을 먹였다. 엄마도 좁다고 말했으면서.

엄마는 가게의 지붕을 올려다보면서 조용히 중얼거렸다.

"히노 가문의 집 아이라. 밖에서 대나무 숲을 본 게 다야."

무슨 말을 하는지 잘 이해가 안 됐다.

"히노 아키라입니다."

가게 안으로 들어간 히노는 나와 있던 아빠에게 인사를 했다. 아빠는 "안녕하세요." 하고 인사하고는 손님을 상대하듯이 웃어 주었다.
“나가나가 후지후지입니다.”
“맞서듯이 그러지 않아도 돼.”
아빠는 나를 보고는 어이없어했다. 이 차이는 뭐지?
“타에코(妙子)의 친구니?”
“맞아요~”
나랑 히노는 둘 다 손을 들며 그렇게 대답했다. 그걸 흐뭇하게 바라보던 아빠가 천천히 고개를 갸웃거렸다.
“응? 히노?”
엄마가 아까 그랬던 것처럼 뭔가가 마음에 걸리는 듯했다. 히노를 보니 왜 그러는지 모르겠다는 듯이 의아한 표정을 짓고 있었다. 물론 나는 더 왜 그러는지 모른다.
꼼짝 않고 있는데 엄마가 말을 걸었다.
“안에 들어가 놀렴. 일하는 중이니 밖에 나오지는 말고.”
“네네~”
곧장 생각은 그만두고 평소처럼 주의는 적당히 흘려들으며 히노랑 같이 집 안으로 들어갔다.
안으로 들어가 가방과 모자를 내던지더니 히노가 웃었다.
“타에네 집은 좋은 냄새가 나.”
“에헤헤. 튀김 냄새야.”
정육점 밖에 진열된 고로케며 멘치카츠의 냄새였다. 집 안에까지 눌어붙은 그 냄새는 익숙해진 뒤에도 문득 코를 움직이면 안으로 들어와 위를 자극한다.

"정육점이야."

"고기 좋아~"

와~ 아주 기뻐했다. 의미 없이, 단순하게, 부드럽게.

"아키라네 집은 무슨 가게야?"

"뭐지? 모르겠어."

히노가 시선을 돌리며 골똘히 생각했다.

"무슨 가게일까? …찻집이나 정원 가게?"

"정원?"

"정원이 넓으니까."

"오오~"

좋은 이야기를 들었다며 나는 들썩거렸다.

"좋겠다~ 가 보고 싶어."

"응. 다음에는 타에가 우리 집에 오면 돼."

"야호~!"

가벼운 구두 약속을 듣고 기뻐했다. 정원이 넓다는 말을 듣고 해 보고 싶은 일이 몇 가지나 떠올랐다.

하지만 그건 히노네 집에 도착할 즈음에는 다 잊어버리게 될 일이었다.

실제로 지금의 나도 그 화제를 이어 가지 못하고 금세 다른 일에 흥미를 보였다.

대상은 눈앞에 있는 작은 얼굴이었다.

"왜 그래? 벌레 있어?"

가만히 쳐다보자 히노가 자신의 코를 가리켰다. 벌레 없어~ 그리고 거리를 좁힌 다음.

"아키라는 귀여워."

"어?"

뚫어져라 쳐다보며 느낀 그대로 솔직하게 말하자, 히노도 바로 코앞에서 나를 똑같이 바라보았다.

깜빡깜빡 눈을 반복해 깜빡이면서.

"타에도 귀여워~"

"좋은걸?"

서로 칭찬하고, 뛰고, 달렸다. 내 다리로도 5초만 뛰면 벽에 부딪칠 것 같은 좁은 공간을 히노와 서로 나누듯이 같이. 돌이켜 보면 친구라는 말의 의미를 히노 덕분에 알게 되었다.

그 기쁨도, 존재도, 모두 히노였다.

모든 감각이 히노의 형태로 머리에 새겨졌고, 그건 지금도 여전히 지워지지 않았다.

떠들다가 도중에 누웠는데 어느새 그대로 잠이 들고 말았다.

엄마가 덮어 줬을 담요는 히노가 껴안고 자고 있었다. 멍하니 그 모습을 보고 자신의 담요를 히노에게 빼앗겼다는 사실을 깨달았다. 살짝 잠에서 깼을 뿐이라 눈이 움직일 뿐 몸은 계속 잠든 채였다.

"그래? 히노 집안의 딸이… 왜 우리 같은 집에 온 거야?"

아빠가 가게에서 그런 말을 하는 소리가 들렸다. 상대는 엄마였다.

"타에코랑 사이가 좋아졌나 봐."

"호오… 같은 곳에 다녀?"

"응."

"저런 아이면 아가씨 학교에 다니지 않아?"

"그건 그렇지만, 이 근처에는 그런 학교 없잖아."

히노 이야기를 하는 모양이었다. 내 이름도 들렸지만 잘 모르겠다.

"상대도 여자아이, 우리 아이도 딸… 아까워라."

"뭐가?"

"사위라도 되면, 그 뭐냐. 히노 가문에서 주지육림."

"당신도 참…."

"농담이야. 그런데 우리처럼 좁은 집이라도 괜찮을까? 이런 말을 하긴 뭐하지만 우린 평범한 정육점인데."

"아이들인데 그런 게 무슨 상관이겠어."

"그런가…?"

"그보다도 바로 친구가 생겨서 마음이 놓여. 그 아이는 좀 멍한 구석이 있잖아."

"그거야 뭐…."

또 졸음이 쏟아졌다. 동시에 몸이 조금 떨렸다. 쭉쭉 잡아당겨도 히노는 담요를 놓아주지 않아서 어쩔 수 없이 파고들어 가기로 했다. 히노랑 몸을 겹치며 담요를 덮었다. 담요가 얼굴에 닿으니 조금 따끔따끔했다.

담요와 히노에게 감싸인 상태가 되었다. 히노의 옷에서는 우리 집과는 다른 냄새가 났다.

코에 스치는 듯한, 조금 까끌까끌한 느낌의 향기.

분명 이게 히노네 집의 냄새라고 생각했다.

정신을 차려 보니 다시 잠이 들었던 나를 깨운 사람은 엄마였다.

"아키라를 데리러 왔어."

"데리러…."

히노가 잠에서 덜 깬 눈으로 느릿하게 일어났다. 그리고 담요에 말려 있는 나를 눈치채고는 "왓!" 하고 짧게 소리를 질렀다. 머리를 흔들기에 담요와 함께 몸을 일으켰다.

"집에 가?"

"응."

히노가 모자를 쓰고 가방의 끈을 어깨에 멨다.

"안 가면 엄마가 걱정하니까."

"그럼 안 되지."

"그리고 아빠랑 오빠도."

오빠가 있었구나? 물었더니 히노가 고개를 끄덕였다.

"굉장히 커."

"그래~?"

질 수 없다며 투지를 불태웠다. 뭐에 불태웠는지는 나도 몰랐다.

히노를 배웅하러 밖으로 나가 보니 차분한 기모노의 무늬가 보였다.

"에노메 씨다."

아까도 봤던 전통복을 입은 여자가 차에서 나와 "감사합니다." 하고 엄마에게 깊게 고개를 숙였다. 엄마는 "아니요, 전혀요. 호호호." 하고 누가 봐도 동요해 허둥대는 모습이었다.

그사이에 나는 차를 찰딱찰딱 만졌다.

"그러면 안 되지."

그 여자가 힘차게 나를 들어 올렸다. "위~잉." 나를 들어 차에서 떨어뜨려 놓았다.

"죄송합니다."

"아니요, 괜찮습니다."

나는 엄마에게 맡겨졌다. 이리저리 움직이려고 했지만 엄마가 꽉 붙들었다.

"항상 멍한 데다 차분하지 못하다니까."

"아키라, 또 보자~"

붙잡힌 채로 손을 흔들자 히노도 생글거리며 손을 흔들어 주었다. 나보다 얌전했다. 전통복을 입은 사람과 차와 히노가 떠나갔다. 남은 것은 조금 낡은 건물들뿐이었다.

엄마가 팔로 안고 있던 나를 보고는 자신의 일처럼 기쁘게 말했다.

"친구가 생겨 잘됐다."

"응. 잘됐어."

"그런데 왜 은근히 잘난 척을 하니?"

쭈~욱. 엄마가 뺨을 잡아당겼다.

"쭈욱~"

뺨을 붙들린 채 집으로 돌아갔다.

"데리러 올 때 타고 온 차도 아주 대단했어."

가게 앞에서 아빠가 머리를 긁적이며 웃었다. 대단한 차였나? 분명 우리 집 차보다는 반짝반짝했다. 찰딱찰딱 만졌지만.

"아키라가 그러는데, 우리 집이 좋대."

"그러니? 별나네."

"다음에~ 아키라네 집에도 갈 거야."

"그래…? 괜찮을까?"

아빠가 엄마를 바라보았다. 엄마는 으쓱하고 어깨를 들어 올릴 뿐이었다.

"뭐가?"

"응? 예의범절이라든가… 그리고 그거 있잖아, 비싼 항아리라도 깨뜨리면 아빠가 곤란하니…."

"앗. 그건 나도 걱정일지도?"

부모님의 시선이 모두 나를 향했다. 두리번거린 다음 이럴 땐 이렇게 해야 한다고 생각했다.

"맡겨 둬!"

"안 될 것 같아."

쇼케이스 위에서 턱을 괸 엄마의 목소리는 한없이 평탄했다.

"항아리는 장식해 두지 않았습니다."

"네? 어머나, 참 잘됐네요."

하하하, 잘됐어~ 엄마가 뭔가에 승리라도 한 것처럼 나를 안아 올렸다. 잘 모르지만 엄마가 기뻐하면 나도 기쁘니 "해냈어, 아부지~"라고 하면서 같이 기뻐했다.

"얘가, 누가 아부지니?"

"깨면 위험하다는 게 당주님의 생각이세요."

"그럼요. 정말 위험하죠. 집안 살림도."

엄마가 들썩들썩 춤을 추며 덩달아 나도 빙글빙글 돌렸다.

그런데 엄마가 갑자기 눈을 번뜩 뜨며 꿈쩍하지 않았다.

"족자는요?"

"그건 좀 있네요."

전통복을 입은 사람이 싱긋 웃었다.

"비싸요?"

"조금 비싼 편이네요."

또 싱긋. 이건 나도 싱긋 웃으며 대항했다. 안 웃는 사람은 엄마뿐이었다.

엄마는 내 얼굴에 얼굴을 바짝 대며 코를 밀어내듯이 다짐을 받아 두었다.

"절대 족자는 만지면 안 된다?"

"족자가 뭐야?"

거기서부터 시작해야 해?! 그렇게 말하듯 엄마의 눈이 이리저리 마구 움직였다. 그리고 포기했다는 듯이 전통복을 입은 사람을 바라보았다.

"시선을 떼지 말아 주세요."

"알겠습니다."

엄마는 나를 전통복을 입은 사람에게 맡겼다. "위~잉." 곧장 차의 뒷좌석으로 옮겨졌다.

히노가 집에 온 다음 날, 유치원 앞에서 있었던 일이었다.

히노는 이미 차 안에서 나를 기다리고 있었다.

"아키라네는 힘든 일이 많이 있나 보네?"

"응? 그런가?"

히노가 눈을 둥그렇게 떴다. 그런데 조금 짚이는 데가 있는지 "음? 그럴지도?"라고 애매하게 인정했다.

"밥을 먹는 방법이라든가, 굉장히 깐깐하거든."

"아, 우리도 그래, 우리도."

TV만 보지 말고 밥을 먹으라고 자주 주의를 받는다. 밥은 조금 뒤로 미뤄도 먹을 수 있지만, TV 방송은 바로 안 보면 못 보니 먼저 봐야 한다고 생각하는데 어떤가요 하고 어머니한테 물어봤는데 꿀밤만 맞고 끝났다.

"타에네도 그렇구나…."

"응."

고개를 끄덕이자 히노는 어째서인지 안심이 된다는 듯이 웃었다.

전통복을 입은 사람이 차 밖에서 엄마한테 인사를 하고 차에 올라탔다. 돌아가는 길에도 집 앞까지 바래다준다는 모양이었다. 엄마는 히노네 집을 한번 들여다보고 싶었는지 조금 아쉬운 표정을 지었다.

"그럼 출발하겠습니다."

"네네."

차가 출발하고 나서 맞다맞다, 하고 뭔가가 생각났다.

"아키라네 엄마예요?"

앞으로 몸을 조금 기울여 운전석에 달라붙은 다음 질문을 했다.

어제부터 생각한 일이었다.

"네? 아니요, 아닙니다."

"그런가요?"

다시 몸을 되돌렸다. 히노를 보니 "아니야."라고 다리를 흔들면서 부정했다.

"에노메 씨는 가정부야."

"가정부?"

"집안의 여러 가지 일을 도와주는 사람이에요."

"그렇구나~"

그러면 굉장히 도움이 많이 되겠다고 생각했다. 그리고 엄마도 아빠를 도와주고 있으니 가정부인가 하고도 생각했다. 역시 엄마인 것 아닌가 하고 혼란스러워지려고 했다.

"와. 타에의 눈이 빙글빙글 돌고 있어."

"음~ 어려워."

"어려운 요소가 있었을까…?"
전통복을 입은 사람이 살짝 고개를 갸웃했다.
"우리 집 가게를 보는 일도 도와주세요."
"그래요. 다음에 기회가 되면요."
별생각 없이 부탁을 했는데 거절을 안 해서 좋은 사람이라고 생각했다. 내 판단은 한없이 단순하다.
간단해야 상대도 편하다고 생각하는데, 과연 어떨까.
그런 생각은커녕, 이 시절의 나는 아무런 생각도 하지 않았다.
히노네 집은 유치원에서 가까웠다. 나중에 알게 된 일인데 우리 집에서도 그다지 멀지 않아 초등학생 정도면 걸어서 놀러 가기도 어렵지 않았다. 그런 거리에 이런 집이 있다니, 당시의 나는 전혀 몰랐었다. 그때까지의 세계란 자신의 집뿐이었다.
이날 나는 처음으로 진짜 세계를 체험한 것이다.
"정말 넓어~"
차에서 뛰어내리듯이 내려 그걸 보고는 무심코 정원을 향해 내달리고 말았다. 어디까지가 정원이고, 어디까지가 주차장이고, 어디까지가 저택인지도 구별할 수 없을 만큼 넓은 세계는 무척 신선하게 보였다. 공기도 마을과는 따로 구별된 것처럼 싱그러움을 머금고 있었다. 녹음이 풍성한 나머지 물소리마저 들리는 듯한 착각이 들었다. 저택의 측면으로 가서 땅에 깔린 자갈을 밟으니 그 감촉이 신발을 신었는데도 매우 기분 좋았다. 이거 뭐야? 이거 뭐야? 하고 몇 번이나 놀랐다.

여기에는 대체 우리 집을 몇 채나 세울 수 있을까? 그걸 세면서 달리고 싶을 정도였다.

멈춰 서서 힘껏 숨을 들이쉬었다. 온화한 바람을 가슴속 깊이.

그러자 자신 속에서 뭔가가 빙글빙글 돌더니 약동하기 시작했다.

"어?"

또 후다닥 달리려고 했는데 발이 공중에 떠올랐다. 전통복을 입은 사람이 뒤에서 나를 안아서 들어 올리고 있었다.

"눈을 떼지 말라고 부탁을 받아서요."

"맞아, 그랬어."

전통복을 입은 사람이 나를 안고 "위~잉." 집 앞까지 데리고 갔다. 히노는 얌전히 기다리고 있었다.

히노가 보기엔 정원 정도야 흔한 경치였던 거겠지.

내려다 놓기가 귀찮았는지 곧장 집 안까지 옮겨 주었다.

현관만 따져도 우리 집의 안방만큼 넓었다. 이렇게 신발을 많이 넣어 둘 필요가 있는지 궁금할 만큼 커다란 신발장을 신기하게 바라보는데, 또 다른 전통복을 입은 사람이 우리를 맞이하러 나왔다.

가정부와 나이는 거의 비슷하게 보였다. 머리카락을 뒤로 모아 경단 모양으로 묶어서 조금 무거워 보였다. 새카만 기모노가 머리카락 색과 잘 어울렸다. 움직이는 모습을 보고 소매 안쪽은 빨갛구나 하는 생각을 했다. 그 사람을 본 히노는 “유치원 다녀왔습니다.” 하고 예의 바르게 고개를 숙였다.

“어서 오렴.”

다정해 보이는 그 대답을 듣고 히노네 엄마라는 사실을 깨달았다. 눈이 히노를 벗어나 나를 향했다.

“실례합니다~”

전통복을 입은 사람이 안고 있던 나를 바닥에 내려놓았다.

“나가나가후지후지 타에타에입니다.”

“어머나. 긴 이름이네.”

히노네 엄마는 동요하지도 않고 차분하게 맞이해 주었다.

“어제 아키라한테서 이야기 많이 들었어.”

“좋은 이야기였나요?”

“물론이지.”

히노네 엄마는 생긋 웃고는 “부탁할게.” 하고 전통복을 입은 사람에게 한마디를 하고는 안으로 되돌아갔다.

뭘 부탁한 건가 하고 두리번거리다가 퍼뜩 자신이라는 사실을 깨달았다.

신발을 벗는데 참 좋다는 생각이 저절로 들었다.

아주 맑은 나무의 향기.

몇 번이고 심호흡을 하면 자신의 살결이 상쾌해질 듯한, 기분

좋은 공기.

히노네 집 안은 별천지처럼 산뜻한 공기로 가득 차 있었다. 같은 땅 위에 있는 장소라고는 생각하기 힘들 만큼 모든 것이 달랐다. 히노네 집은 굉장하다며, 처음으로 멍하니 감동을 했다.

히노네 엄마가 간 안쪽에는 뭐가 있을까 싶어 가려고 했는데, 어깨를 꽉 붙들려 방향을 수정할 수밖에 없었다. 무심결에 팔다리를 쭉 뻗어 시원스럽게 걷자 히노도 흉내 내서 같이 웃었다.

전통복을 입은 사람이 웃는 소리도 머리 위에서 살짝 들려왔다.

곧장 나를 유도하며 안내해 준 곳은 히노네 방이었다. 히노의 방은 우리 집 거실보다도 넓었다. 이리저리 뛰어다녀도 정강이가 코타츠에 부딪칠 일은 없을 듯했다.

무심코 깡총깡총 뛰고 말았다. 계속 뛰었더니 어깨를 붙들려 자리에 앉을 수밖에 없었다.

"아키라. 방이 있다니, 굉장하다."

"어? 타에는 없어?"

"그런 거 없어."

엣헴, 하고 가슴을 폈다. 나중에 크면 2층의 작은 방을 청소해서 나한테 준다고 하지만, 지금은 따로 있을 필요 없다고 해서 평소엔 1층만 사용했다. 우리 집엔 좁은 방이 두 개인가 세 개밖에 없다.

히노는 매일 별세계에서 유치원을 다니는구나, 하고 생각했다.

"그럼 있지, 여길 타에의 방이라 생각해도 괜찮아."

히노가 팔을 벌리며 제안했다.

"나랑~ 타에의 방이야."

"정말 괜찮아?"

별세계의 일부를 준다니, 이런 행운이 또 있을까. 세계의 절반을 준다는 히노의 말을 듣고 방의 벽과 높은 천장을 둘러보았다. 여기가 내 방이라 생각하니 몸이 떨리는 듯했다.

나와 히노의 세계.

최초의 등록이 지워지고 새롭게 재등록되듯이, 이곳이 내가 돌아와야 할 장소가 될 것만 같은 기분까지 들었다.

그건 집과는 별개의… 영혼이 거처를 결정하는 것처럼.

"좋아~"

"야호~"

히노와 손을 들어 올리며 서로 기쁨을 나누었다. 그런 대화를 보고 있던 전통복을 입은 사람이 난처하다는 듯이 웃는 모습이 보였다. 왜 그러시냐고 눈으로 묻자, 전통복을 입은 사람이 신기하다는 듯이 말했다.

"정말 사이가 좋으시군요. 어제도 만났는데."

히노와 얼굴을 마주 보았다. 히노의 눈동자는 맑다. 이 집 안의 공기에 잠긴 채 자라서 흐림이 없다.

"그러네."

"그러네~?"

정말로 만난 지 꼬박 하루밖에 지나지 않았다.

하지만 나는 히노와 나 사이의 이 감정이 전혀 의심스럽지 않았다.

"찌리릿 하고 느낌이 왔나요?"

시험해 보는 듯한 질문. 찌리릿? 찌리릿한 느낌은 없었다. 나는 내 손끝을 집으며 부정했다.

내 마음속에서 싹튼 감정은 더욱, 둥글둥글했다.

"아키라는 폭신폭신한 느낌이 들어요."

"폭신?"

"부드러워요."

그런 말을 하니 자신의 뺨이 누그러지는 느낌을 받았다. 감각적인 설명이었지만 전통복을 입은 사람은 그런 설명으로도 충분했는지, 얼굴에서 난처한 표정이 사라졌다.

"그건 아주 좋은 일이에요. 소중하게 생각해 주세요."

대신에 떠오른 전통복을 입은 사람의 미소를 보니 여러 가지 맛이 느껴졌다. 무언가를 음미했을 때처럼.

그걸 혀 위에서 판별하기가 나로서는 아직 너무나도 어려웠지만.

"그럴게요~"

무사태평하게 선언했다. 히노도 그에 이끌린 듯 손을 들었다.

"아, 그렇지. 족자는 어떤 건가요?"

"물어서 어떻게 하려고?"

"호호호."

웃으면서 어물쩍 넘어가려 하자 "그러면 안 됩니다."라고 생긋 웃으며 못을 박아 두었다.

"위~잉."

"안아서 데리고 가 주지 않을 거예요."

"위~잉."

그 말을 듣고 나는 물러섰다. 음~ 조금 생각하다가 퍼뜩 뭔가가 생각나 나는 히노를 바라보았다.

"아키라는 족자가 뭔지 알아?"

"몰라~"

"그럼 오늘은 족자를 찾자~"

"응. 찾자찾자."

히노랑 같이 일어서 타다닥 복도를 향해 달렸다. 전통복을 입은 사람도 당황하며 쫓아왔다.

"이래선 생각보다 고생하겠어."

전통복을 입은 사람은 그렇게 중얼거리며 쓴웃음을 지었다. 반면 히노는 싱글싱글 웃었다.

"항상 살고 있는 우리 집인데, 타에랑 같이 있으면 막 가슴이

두근거려.”

웃으며 그런 말을 하는 히노한테서 부드럽고 밝고 둥근 무언가를 발견한 기분이 들었다.

히노를 보면 항상 그렇게 마음 편한 느낌이었다.

“그런 일 없었던가?”

“네가 선명히 기억하고 있는 걸 보면 오히려 없었던 일 아닐까?”

“그것도 그러네.”

나는 또 순순히 받아들이고 코타츠 안으로 쏙 들어갔다.

'2033 8 11 21:47:22'

문득 그늘로 들어가니 내 손가락의 반짝임이 눈에 띄었다.

검지에 앉아 있도록 묶어 둔 물색 나비.

야치~의 머리카락은 더러워지지도 탁해지지도 않고 계속 어슴푸레하고 조용하게 빛났다. 손가락을 흔들면 나비는 부드럽게 날갯짓을 해서, 마치 진짜 살아 있는 생물 같았다. 머리카락은 윤곽밖에 없는데, 입자가 빙글빙글 돌면서 마치 날개의 틈새를 메우고 있는 것처럼 보였다.

벌써 어두워지기 시작한 복도에서 발을 멈추고 그걸 잠시 넋 놓고 바라보았다.

그리고 방의 문을 열었다.

방에는 언니와 야치~가 이불을 덮고 있었다. 그리고 스토브도 켜지 않아 추웠다.

"음? 미니 씨."

야치~가 곧장 한쪽 눈을 떴다. 나비처럼 물색으로 가득 찬 눈동자는, 자칭 아무것도 보고 있지 않았다.

"야치~ 잠만 자면 언니처럼 돼."

"시마무라 씨처럼 말입니까?"

골똘히 생각하며 야치~가 곁눈질로 언니를 바라보았다. 언니는 아직도 자는 중이다. 언니는 겨울이 되면 정말 자고 있을 때가 많다. 엄마는 손이 많이 안 가서 좋다며 웃었다.

"그럼 밖으로 나가지요."

왜 '그럼'이라고 말했는지는 모르겠지만 부스럭부스럭 움직이며 이불 밖으로 나왔다. 옷차림은 평소처럼 사자 잠옷이었다. 우리 집에는 귀여운 사자가 있다. 귀엽지 않은 사자가 있으면 많이 곤란하다.

"미니 씨는 저의 미래가 보입니까?"

사자가 나를 순수하게 들여다보았다.

"응? 어? 아."

언니처럼 된다는 말을 진심으로 받아들인 걸까?

야치~는 가끔 이럴 때가 있다. 말을 그대로 받아들인다고 해야 할까?

"미래는 아무도 모른다고 누군가가 말했어."

"아니요. 저는 보입니다만."

"뭐?"

"그렇군요. 그럼 하나, 미니 씨의 미래를 예언해 드리지요."

"예언?"

동네에서 가끔 보는 점술가의 모습을 떠올렸다. 야치~하고는 전혀 모습이 겹치지 않았다.

"야치~ 그런 걸 할 줄 알아?"

"그럼요, 할 줄 압니다."

엣헴. 야치~가 흰 배를 앞으로 내밀었다. 쿡쿡 찔러 보니 폭신폭신한 감촉이었다.

"지금은 몇 년인가요?"

"거기서부터 시작이야?"

야치~는 대체 이 세계의 뭘 알고 있는 걸까.

몇 년인가 알려 주자 야치~가 손가락을 꼽으며 숫자를 세기 시작했다. 야치~는 손톱도 은은한 물색이라 예쁘다고 생각하며 멍하니 그 모습을 지켜봤다. 추운데도 그 사실을 잠시 잊을 정도였다. 그러고 있는데 수를 다 센 야치~가 말했다.

"미니 씨는 내일 저와 도넛을 먹고 있군요."

후후후. 야치~가 잘난 척을 하며 자신만만하게 단언했다.

무슨 이야기인지 이해를 하는 데 조금 시간이 걸렸다.

"야치~가 먹고 싶은 것뿐이잖아."

"호호호."

야치~는 전혀 기가 죽지 않았다. 내일… 내일은 쉬는 날인데.

"미니 씨도 먹으러 가시죠. 저도 돈이라면 준비해 뒀습니다."

야치~가 어디에선가 꺼낸 500엔짜리 동전을 아주 의기양양하게 보여 주었다.

"그건 야치~의 용돈이야?"

"네. 바로 그겁니다, 그거."

대답이 아주 가벼웠다. 수상한 돈이다… 라고 생각하며 바라보는데.

“그럼 추가로 하나 더.”

“뭐?”

야치~가 미소 지으며 나에게 말했다.

“미니 씨는 지금으로부터 16년 후, 아주 커다란 무언가를 발견하게 될 겁니다.”

목소리에 맞춰 손가락에 묶어 둔 나비가 날갯짓을 한 듯한 착각에 빠졌다.

“그리고 그때야말로 지구인은.”

알아들을 수 있는 말은 거기까지로, 그 이후로는 무슨 말을 했는지 알 수 없었다.

간신히 목소리 같은 어떤 소리가 전혀 알 수 없는 말투로 전달되었을 뿐이었다.

“야치~”

“얘~ 간식 있는데 먹을래?”

“와~”

엄마 목소리를 듣고 야치~가 손을 앞으로 내밀며 달려갔다.

타다닷, 하고 돌아보지 않은 채 방 밖으로 나갔다.

아니, 아니.

“엄~청 신경 쓰이거든.”

언니는 아무 소리도 안 들렸는지 계속 쿨쿨 자고 있다.

"으음."

무방비한 뺨을 손가락으로 찌르자 언니는 몸을 뒤척이며 도망쳤다.

반대편도 한 번 더 찌르자, 언니는 기대대로 몸을 뒤척였다. 하지만 일어나진 않았다.

이렇게 언니랑 놀고 있을 때가 아니다.

"근데~ 야치~니까."

사탕 하나를 발견했을 뿐인데 '아주 좋은 물건을 발견했습니다'라고 말하며 크게 기뻐할 정도니, 그렇게까지 대단한 일은 아닐지도 모른다. 커다란 케이크라든가, 큰 푸딩이라든가.

뒤쫓아 가 보니 야치~는 한발 먼저 엄마가 준비한 폴보론을 먹고 있었다.

"하하하. 정말 사양할 줄 모르네, 요 녀석."

엄마는 즐겁다는 듯이 야치~의 이마를 살짝 찔렀다.

"철커억~"

야치~는 전혀 주눅 들지 않고 폴보론을 양손으로 붙잡았다.

"음, 사양할 줄 모른다기보다는 뻔뻔하네."

"운명~이군요~"

그렇게 과자를 먹으며 부드러워 보이는 뺨을 우물거리는 야치~한테는 더는 아무것도 물어볼 수 없겠다는 생각이 들었다.

아다치와 시마무라

4장 '템페스트 ~벚꽃성탄첩(桜花聖誕帖)~'

시마무라와 두 번째로 맞이하는 크리스마스였다.

'였다'라고 말했는데, 아직 과거형은 아니다.

'밤엔 집에서 먹으니 낮이라면 괜찮아.'

크리스마스 당일 시마무라의 일정이었다. 전에도 이거랑 비슷했던 것 같다. 시마무라는 가족을 아주 소중하게 생각한다. 그건 분명 당연한 일로, 이상한 사람은 나겠지.

나는 별로… 아니, 가족을 어떻게 대하면 좋을지 모른다. 그걸 배우길 포기하며 살아왔으니까. 그건 분명 올바른 일이 아니다. 하지만 그걸 이해하고 있는 자신은 세계 어디를 찾아봐도 없다. 지금 자신의 능력으로 어떻게든 하는 수밖에 없었다.

가족이라. 조금 생각해 보았다.

그렇다면 나도 시마무라랑 가족이 되고 싶다… 가족? 가족이 되는 방법… 양자? 아니아니, 그건 좀 다른 것 같다는… 생각이 든다. 약간 혼란이 깊어졌다.

가족은 일단 제쳐 두기로 했다. 중요한 건 시마무라와 함께 지내는 시간에 관한 일이었다.

방에서 우왕좌왕하면서 생각하는 행동이 어느덧 습관이 되어 버렸다.

"평범한 차림… 평범하다는 게 뭘까?"

평소의 옷. 옷장을 들여다보았다. 안에는 사복이 얌전히 놓여 있다.

작년엔 차이나드레스를 입고 쇼핑몰을 걸었는데.

그립다.

"…잠깐, 왜지?"

난 왜 크리스마스에 차이나드레스를 입었을까?

새삼 생각해 보니 왜 그렇게 됐는지 전혀 기억이 나지 않았다. 난 대체 무슨 생각을 하는 거야, 아르바이트하는 곳에서 그런 옷을 빌려서는. 으으윽, 하고 머리를 감싸 쥐고 싶어졌다. 겨우 1년 전인데 자신을 이해할 수 없었다. 객관적으로 보면 어떻게 봐도 이상한 사람이다. 같이 걸어 주었던 시마무라가 굉장하다는 생각이 들었다.

그 관용적인 면이 시마무라의 매력이긴 하지만, 단지 주변 사람들의 시선을 크게 신경 쓰지 않기 때문인지도 모른다. 나는 더 신경 써 줬으면 한다. 하지만 그걸 일방적으로 요구하는 게 아니라, 나도 해 줄 수 있는 일이 있지 않을까 한다. 그렇게 생각하니, 역시 평범한 차림이어선 그에 걸맞은 평범한 반응을 보이며 넘어가지 않을까 걱정이 되었다.

그러니 차이나드레스는 잘못된 선택이 아니었다고… 생각하고 싶다.

특히 겨울의 시마무라는 관찰해 보면 멍~하게 있는 시간이 많다.

의식하지 않으면 특별한 일 없이 하루하루가 지나가 버릴 것 같았다.

“아냐. 멍하니 있진 않잖아. 멍하니는.”

졸음에 휩쓸릴 듯하다든가… 그런 게 아닐까, 그런 게.

“…그건 그렇고.”

나는 계속 시마무라만 생각하는구나. 새삼스럽게 그런 사실을 깨달았다.

시마무라는 하루에 얼마만큼이나 날 생각해 주고 있을까.

5분일까? 10분? 기분이 좋으면 한 시간 정도는 생각해 줄 거라 기대해도 좋을까?

그런데 시마무라는 한 시간이나 나를 생각할 정도의 내용이 없을 듯했다.

자신의 손끝이 얄팍하게 보였다. 나는 시마무라 앞에 있으면 대체로 긴장을 해서… 말을 더듬거리거나, 눈을 이리저리 돌리거나, 시야가 흐릿해지거나, 무슨 말을 하는지 자신도 알 수 없게 되거나… 얄팍하지는 않을지도 모른다. 하지만 혼란스러워하는 그 모습을 두텁다고는 할 수 없다.

조금 더 침착하게 시마무라를 대하는 모습을 목표로 삼는 게 좋을 듯했다.

나는 시마무라를 계속 생각하고 있다.

그게 알려지면 무척 부끄러우리라 생각한다.

"크리스마~"

독특한 말토막과 함께 작고 반짝이는 뭔가가 뛰어올랐다.

자다 일어나면서 보는 것으로서는 아침 햇살 다음으로 눈부시다.

"안녕하십니까."

일어났다는 사실을 깨닫고 평소대로 인사하는 새끼 사자에게 "안녕." 하고 몸을 뒤척이며 대답했다. 크리? 스마? 뒤늦게 무슨 말을 했는지 멍하니 생각했다. 그런 단어는 없지 않나? 확신은 못 하지만.

야시로는 계속 베개 옆에서 뛰어올랐다.

"크리스마~"

"…아, 크리스마스 얘기였구나."

뺨에 닿은 차가운 공기에 의식이 조금씩 단단하게 형태를 이루었다. 그리고 시간을 확인했다. 혹시 점심시간이 지날 때까지 잔 게 아닐까 하는 걱정이 되었다. 아무리 나라지만 그럴 리가 없다고 생각하면서도, 그런 일이 벌어지지 않을 거라고 확신할 수는 없었다. 쉬는 날과 겨울이 조합되면 흉악하기 짝이 없으니까.

"휴, 다행이다."

아다치와 만나기로 한 때까지는 아직 시간이 있었다. 시곗바늘은 아침 10시를 가리키고 있다.

"의외로 위험했잖아."

"호오호오."

같이 시계를 들여다보던 야시로가 의미도 없이 고개를 끄덕였다.

"넌… 웬 크리스마스?"

"크리스마스라는 날이 있다는 사실을 알게 됐습니다."

'작년엔 몰랐습니다'라고 하는데, 어째서인지 잘난 체를 하는 말투다. 잘난 체를 해서 뺨을 잡고 쭉 늘어뜨렸다.

"일단 물어보는데 크리스마스는 무슨 날이라 생각해?"

"케이크를 먹는 날입니다."

"대충 맞아."

이예이~! 뺨이 늘어난 채 기뻐하는 야시로를 보고 몸에서 힘이 빠졌다.

"그리고 미니 씨한테 들었는데, 산타 할아버지한테 선물을 받을 수 있다고 합니다."

"응… 그러네."

우리 여동생은 올해도 아직 산타의 존재를 믿고 있는 모양이었다. 음, 아주 귀여운걸?

그런데 냉정하게 생각해 보면, 이렇게 신기한 생물이 존재하니까 산타클로스나 하늘을 나는 순록이 있어도 이상하지 않겠다는 생각도 든다. 뺨을 쭈~욱 잡아당겼다가 놔주었다. 잡아당긴 부분이 좀처럼 원래대로 돌아가지 않아 조금 당황했다.

"저는 대박 좋은 녀석이니 분명 선물을 받을 수 있을 겁니다."

"그 근거 없는 자신감은 듬직하단 생각이 들 정도야."

"그러니까 주십시오."

뭐가 그러니까야? 내 앞으로 내민 작은 손을 보고 나는 머리를 긁적였다. 덧붙이자면 뺨은 원래대로 돌아왔다.

다행이야. 그런 셈 치기로 했다.

"난 산타 아닌데."

"네, 당신은 시마무라 씨입니다."

한 글자도 똑같은 데가 없다.

"산타 할아버지는 밤에 자는 동안에 온다고 합니다."

"그러네요."

"그런데 말이죠, 밤에 선물을 받아도 또 자기 전에는 이를 닦아야만 합니다."

소곤소곤, 마치 중대한 이야기라도 하는 것처럼 목소리를 낮췄다. 받을 선물이 음식이라는 전제하에 이야기를 하는 듯했다.

"그래서 미리 받아 둘 생각입니다."

"그러니까 난 산타가 아니야."

“네, 당신은.”

“그건 이제 안 해도 돼.”

“시마무라 씨한테 받아도 저는 기쁩니다.”

생글. 야시로가 쾌활한 웃음꽃을 피웠다.

좋은 말을 하는 것 같긴 한데, 단지 욕망에 충실할 뿐인 말이었다.

“그래, 좋아….”

우리 집 산타는 야시로 몫까지 준비하지 않았을 테니까.

“일단 물어보겠는데, 어떤 선물 받고 싶어?”

“케이크도 좋습니다만, 도넛도 아주 좋아합니다.”

“네~네.”

어차피 오늘은 외출할 거니 겸사겸사 사면 되나. 깜빡하지 않는다면.

“크리스마스는 참 좋은 날이군요.”

선물을 받기도 전인데 벌써부터 싱글벙글한 표정이다.

“음…. 그건 그러네.”

아다치를 조금 생각하다, 그 당황해서 어쩔 줄 몰라 했던 모습을 떠올리고는 그럴지도 모른다고 긍정했다. 세상도 아다치도 야시로도 크리스마스는 특별하다. 나도 그런 흐름에 조금은 올라타야 하는지도 모른다. 예~이, 예~에 하는 느낌으로 가자. 대체 어디로 가고 싶은 건지.

"크리스마~"

꺄아꺄아, 하며 야시로가 복도로 달려갔다.

"미니 씨한테 자랑하겠습니다~"

"그러니~?"

사이가 참 좋다. 올해 여동생은 뭘 가지고 싶다고 산타에게 편지를 쓸까? 작년에는 물고기 사육용인 어떤 물건이었을 텐데. 올해는 야시로를 사육하기 위한 어떤 물건인지도 모른다고 농담을 생각하며 웃었다.

그리고 야시로는 어딘가 클리오네 같다는 생각이 방금 들었다.

"크리스마스라."

좋았어~ 하고 양손을 들며 의무적으로 분위기를 띄워 보았다.

집에서 조금 호화로운 요리가 나오고, 산타는 안 오고, 방 밖은 으스스하게 춥고.

매년 변함이 없으니, 아무래도 우리 집의 식객처럼 순수하게 좋아할 수는 없었다.

"매년이라."

자다가 헝클어진 머리카락을 쓸어 올렸다. 내년에도 아다치와 크리스마~를 함께 보내게 될까.

일단 대학 수험을 앞둔 해인데. 나는 아다치가 진학을 희망하는지 어떤지도 모르지만.

아다치는 내가 간다면 가겠다고 하고, 안 가겠다고 하면 안 가겠다고 말할 것 같기도 하다. 아다치는 보폭을 맞춰 행진하길 좋아한다. 어떻게 보면 아주 성실하다고도 할 수 있다.

"나는…."

옛날, 그런 게 참을 수 없이 싫었던 시기가 있었다.

그 당시 시마무라 씨의 예민한 모습이 그립기도 하고, 외면하고 싶기도 하고. 틀림없이 활기만큼은 그 시절이 한 수 위였다.

나오려고 하는 하품을 어떻게 할지 고민하면서 잠시 멍하니 있었다.

그 사이에 아다치와 타루미를 번갈아 가며 생각했다.

결국 외출할 만한 곳이라곤 근처 쇼핑몰이나 역 앞 정도밖에 없다. 겨울에 공원에 가면 춥기만 하고, 할 일도 없고. 방 한쪽에 장식되어 있는 부메랑을 슬쩍 돌아봤다. 아직도 왜 부메랑을 선물해 줬는지 그 수수께끼는 풀리지 않았다. 그런 시마무라의 심경을 이해하면, 나에게는 다음 경치가 활짝 열리게 될까? 시마무라는 심오하다.

그런 생각을 하면서 옷을 갈아입고, 머리카락을 확인하고는 거울에서 멀어지길 세 번 정도 반복했다. 예전에는 열 번 넘게 반복하던 시기도 있었으니 지금은 많이 익숙해진 느낌이다.

……이다.

정말 이런 차림도 괜찮을까? 당일이 되어도 자신의 옷차림 선택에 의문을 가졌다.

하지만 시계를 보면 시간이 아직 남았는데도 초조해서 방을 나서고 만다.

거실에서 현관으로 들어온 엄마와 마주쳤다. 외출할 때 자주 보는 커다란 가방을 어깨에 메고 있었다. 눈이 마주쳤는데 눈을 가늘게 뜨며 웃기에 당황했다.

"나가니?"

"…응."

그러니? 하고 흥미 없는 반응을 보이는 모습을 보고, 거북함과 함께 피가 이어졌다는 느낌도 받았다.

하지만 엄마는 그 이후에 이렇게도 말했다.

"그 아이한테 안부 전해 줘."

그런 말을 남기고 엄마는 방으로 들어갔다.

"옷차림이 그게 뭐니?"

엄마가 갑자기 문을 열고 나를 한 번 더 바라봤다.

"상관없나…."

그리고 곧장 다시 들어갔다. 분주하네.

"…그 아이?"

어떤 아이? 다시 물어보려고 해도 엄마는 이미 보이지 않았다. 그 아이. 상상을 해 봐도 시마무라 외에는 떠오르는 사람이 없었다.

그런데 시마무라를 집에 데려온 적이 없으니… 정확하게 따지면 집 앞까지는 왔지만 엄마와 마주친 적은 없다. 따로 만났을 만한 장소도 생각나지 않으니, 다른 누군가와 착각했을지도 모른다. 그 누군가마저도 상상할 수 없을 만큼, 나한테는 오로지 시마무라뿐이지만.

"상관없나…."

누군가의 말버릇을 따라 하듯이 대답을 포기했다. 그리고 집을 나서 바로 자전거에 올라탔다.

페달을 밟으며 하늘을 올려다봤지만 눈이 내릴 낌새가 전혀 없는 푸른 하늘이었다.

"점심은?"

"지금 외출할 거야."

"와, 효도하네. 아침도 준비할 필요가 없을 시간까지 푹 잤고."

엄마가 히죽히죽 웃으면서 내 머리를 툭툭 두드렸다.

"외출까지 하니."

기껏 정돈한 머리카락이 흐트러진다. 다시 정리할까도 생각했지만, 그만뒀다. 어차피 밖에 나가서 걷다 보면 바람이 불어서 지금과 똑같아진다는 걸 깨달았으니까. 하지만 엄마의 손은 옆으로 밀어 뒀다.

복도의 벽을 향해 고개를 기울이며 엄마가 눈을 이리저리 움직였다.

"크리스마스에 외출한다면… 남자?"

"뭐어?"

"그런 나이잖니, 호게츠는 짹짹."

뭐야, 짹짹이라니. 딱 적당히 열 받게 시비를 거는 행동보다도 신경 쓰인다.

"그런 거 아니야."

"그럼 여자인가."

"그럼이라니."

맞다.

"그냥 아다치랑 놀러 가는 거야."

"뭐야, 아다치였어?"

뭐야라니. 본인이 없다고는 하지만 실례되는 소리 아닌가?

"너희 참 사이좋네?"

"그거야 뭐."

귀에 걸린 머리카락을 매만지면서 애매하게 대답했다. 조만간 아다치와 나의 관계를 솔직히 부모님에게 말할 날이 오게 될까? 우리는 부모님 모두 느슨한 면이 있으니 의외로 쉽게 받아들여

줄지도 모른다. 내가 아다치를 받아들이고 시간을 공유하고 있듯이.

"같이 있으면 즐거워?"

벽에 다가가길 멈추고 팔짱을 낀 엄마가 그런 질문을 했다.

"즐거운가…? 즐겁다기보다는."

뭐라고 하면 좋을까? 다른 적절한 말을 찾으려고 노력했다. 수학여행 중에 판초와 했던 대화를 떠올리며 뭐가 있을까 하고 고개를 갸웃하면서 생각했다. 부정적인 감정은 없지만, 뭐라고 말하면 좋을까.

"아다치는 딱 봐도 즐거워 보이니, 그거면 됐지 않을까 해서."

생각을 포기하고 외부에서 대답을 찾았다. 이건 대답으로서는 △가 아닐까? ×는 아니라고 생각하고 싶었다.

"아다치가 즐거워한다라… 흠흠."

무슨 생각이 있다는 태도이긴 하지만, 사실은 의미심장한 척을 하는 것뿐이라고 추측한다.

아니나 다를까, 곧장 다른 화제를 꺼냈다.

"아다치는 집에서 크리스마스 파티 안 해?"

은근히 발음에 멋이 들어갔다. 그리고 야시로가 누구 흉내를 내는지 깨달았다.

"글쎄? 안 하지 않을까?"

아다치와 그 엄마의 성격, 관계를 고려하면 정말 아무것도 안

하겠지. 그러고 보니 아다치네 아빠 이야기는 들어 본 적이 없다. …없는 것 같다. 그런 이야기는 들었다면 잊을 리가 없겠지만, 그렇게까지 자신의 기억력에 자신이 있지는 않았다.

존재의 그림자조차 느껴지지 않으니 집에는 없는지도 모른다.

아다치에 관해선 대체로 알고 있다고 생각했는데, 의외로 중요한 정보를 모르고 있기도 했다.

"아무 예정도 없다면, 다 놀고 집에 데리고 와."

"아다치를?"

"저녁은 같이 먹어야 더 즐겁잖아."

우리 엄마는 이런 소리를 한다. 다 같이 사이좋게 지낼 수 있다는 전제를 전혀 의심하지 않는다.

상대의 사정은 알 바 아니라고 말을 하는 것만 같다.

흉내는 낼 수 없지만 이 긍정적인 모습에 도움을 받은 사람도 분명히 있으리라 생각한다.

"한번 물어볼게."

응. 엄마가 고개를 끄덕이고는 싱긋 웃었다.

"나도 물어볼까."

"…뭘?"

"비밀이양."

"안 귀엽거든?"

솔직한 감상을 말했더니 농담이 적게 포함된 발차기가 가볍게 내 다리를 스쳐 갔다.

"나도 나름대로 교우 관계가 있거든? 아무튼 기대하고 있어."

"평범하게 대화하다가 발차기를 날린 일을 언급해 줬으면 좋겠어."

"피하다니, 실력이 올랐구나?"

"칭찬 감사합니다."

"올라간 건 다리지만."

"시끄러워."

그리고 타타닥, 하는 경쾌한 발소리가 들렸다. 야시로가 양팔을 앞으로 내민 모습으로 부엌에 들어가는 모습을 본 엄마는 "어머나." 하고 말하며 안으로 들어갔다. 곧장 "꺄~" 하는 소리를 내며 복도로 내쫓겨 뒹굴뒹굴하는 야시로를 보고 "…이상한 집이야."라고 진심으로 생각했다.

중학생 시절이었으면 틀림없이 분노했을 떠들썩하고 무사태평한 소리.

지금은 불쾌한 마음이 뒤섞여 들어오지 않는다.

따뜻해지기 시작한 난방에 손을 가까이 대는 듯한, 그런 기분을 맛보게 해 주었다.

"오, 좀 그리운 전개."

약속 장소에 뒤늦게 나타난 시마무라가 먼저 그런 소리를 중얼거리며 웃었다.

기억하고 있었구나. 일단은 나도 그런 생각이 들어 기뻤다.

시마무라는 잠만 자니 1년 전의 일은 잊어버렸을 것 같았으니까.

그리고 뒤늦게 부끄러워졌다.

쇼핑몰 안에 들어가면 바로 나오는 광장에 설치된 크리스마스 트리 옆이 약속 장소였다. 주변을 보니 도시의 역 앞처럼 누군가를 기다리는 사람들로 가득해서, 난방 온도 이상으로 사람들의 열기가 느껴졌다. 가족 동반도, 남녀도, 그리고 여자끼리 만나는 사람도 드문드문 뒤섞여 있었다.

"이게 아다치의 평범한 차림이야?"

"왜, 왜 이렇게 됐는지 나도 잘 모르겠어."

결국 오늘도 나는 차이나드레스를 입었다. 하나 다른 점이 있다면, 이건 가게에서 빌린 옷이 아니라 직접 산 것으로, 다시 말해 사복이라는 것이었다. 이 옷은. 이런저런 궁리를 하다가 결국 사고 말았다.

정말로 생각을 하고 샀나?

"상관은 없지. 잘 어울리니까. 그리고 평소에는 못 보는 모습이라 특별한 느낌이 들어."

시마무라가 들여다보듯이 나를 뚫어지게 바라봤다. 부끄러워서 코트를 모아 숨기려고 하자, "그러지 말고." 하면서 내 손목을 붙잡았다. 코트 속을 시마무라가 엿보는 모습처럼 되어서, 유난히 더 부끄러운 기분이었다. 눈과 혀가 평소처럼 빙글빙글 돈다는 느낌이 전해져 왔다.

"또 보고 싶다고 생각하던 참이기도 하니까."

"어?"

"스윽~"

갑자기 시마무라가 슬릿에 손가락을 대고 스치듯이 움직여 나는 그 자리에서 펄떡 뛰어올랐다. 나를 붙잡고 있던 시마무라와 같이 그 자리에서 춤을 추듯이 마구 뛰었다. 시마무라와 함께 꼴사나운 춤을 추듯이. 시마무라는 반쯤 웃는 표정을 지었다.

그렇게 펄떡대기를 멈추자, 즐거운 표정으로 나에게 사과했다.

"미안미안. 놀랐어?"

"깜짝, 놀랐다는 표현으로는 모자라."

가슴 안쪽 깊은 곳에서 샘솟는 이 빨간색은 대체 뭘까. 격렬한 고동이 귀울림처럼 들려왔다.

가라앉지 않는 고동이 겹겹이 쌓여 두통으로 발전할 것만 같았다.

침착한 행동은 내년의 목표로 남겨 두고 일단은 진심으로 좋은 일이었다고 생각했다.

이제 얼마 남지 않은 올해는 포기했다.

"그렇지만 아다치는 이 정도가 재미있을지도 모르겠어."

"재, 재미있어? 이 정도가?"

시마무라의 감상은 이해할 수 없었다. 시마무라는 웃기만 할 뿐 설명을 해 주지 않았다.

아마 시마무라도 구체적인 생각은 없으리라 생각한다.

단지 눈앞의 내가 재미있다고 생각하는 것일 뿐.

…기뻐해도 괜찮은 걸까?

깊이 생각할 시간은 없으니 나도 일단 눈앞의 일을 우선했다.

"저어, 손을 잡아 주면, 안 될까?"

조금 전까지 붙잡혀 있던 손목을 시마무라에게 내밀면서 부탁했다.

당황해서 붙잡지 말고 이렇게 하면 된다는 걸, 배우는 데 겨우 성공했다. 당황해선 안 된다. 그래, 당황하면 안 된다. 시마무라는 나를 만나러 와 줬으니, 여자친구이니, 당황할 필요는 전혀 없다.

몇 번이고 말하고, 몇 번이고 물어본 일이다.

"좋아."

시마무라는 평소대로 망설임 없이 받아들이며 손을 잡아 주었다. 쥐어 보니 시마무라의 손끝은 지금까지 아무것도 손대지 않은 것처럼 차가웠다. 나는 그런 감각에 조금 마음이 차분해졌다.

그대로 둘이서 걷기 시작했다. 시마무라가 선택한 방향에는 레스토랑의 불빛이 즐비했다.

당연하듯이 손을 잡고 있어 기쁜 반면, 뭐라고 하면 좋을까, 너무 당연해서 틈새 바람처럼 흘러간다고 하면 될지… 시마무라는 뭘 먹을까 생각하듯 주변을 둘러보았다.

그런 우리 사이에서 붙잡고 있는 손이 한가롭다는 듯이 흔들렸다.

"…시마무라는, 쑥스러워하기도 하고 그래?"

"응? 쑥스러워하기도 하지. 안 그런 사람이 어디 있어."

그런 말을 한 다음, 아니지, 어쩌면 있을지도 몰라, 라고 시마무라가 말을 철회했다. 누구를 떠올리고 한 말일까.

"그렇지. 먼저 도넛 사러 가도 돼? 나중으로 미루면 깜빡 잊어버릴 것 같아서."

"도넛?"

"크리스마스 선물은 그게 좋대. 이상한 애가 그게 좋다고 졸랐어."

하하하. 시마무라가 쓴웃음을 지었다. 누구를 떠올리고 한 말인지는 대충 이해가 되었다.

"응?"

무심코 손끝에 힘이 들어갔는지, 시마무라가 붙잡은 손을 내려다보았다. 나와 시마무라의 손은 이쪽 손이 조금 더 희다. 손가락은 내가 조금 더 길다고 보면 될까. 내가 힘을 준 만큼 시마무라도 손에 힘을 주었다.

시마무라는 아무 말도 묻지 않고 또 주변을 둘러보았다. 화려한 크리스마스의 장식이나, 통로 중앙에 전시된 빨간 자동차를 보기도 하는 등, 평소와 다를 바 없이 세계를 바라보았다.

나도 평소대로 그런 시마무라를 계속 바라보았다.

그리고 머릿속이 시끄럽게 시마무라시마무라거린다며, 새삼스럽게 자신에 관해 생각했다.

요즘 들어 그런 점을 자각하기 시작한 걸 보면, 조금은 냉정해졌을지도 모른다.

"시마무라는 나를 얼마나 생각하곤 해?"

"응?"

즐비한 간판을 올려다보면서 걷고 있던 시마무라가 눈알을 굴리며 떨어뜨리듯이 나를 바라보았다.

"얼마나 생각하곤 하냐니?"

"그러니까… 하루 중에, 나를 얼마나 생각하나 싶어서."

"글쎄. 물론 생각할 때도 있어."

가볍다. 이렇게 가볍다고 생각하는 것도, 내가 너무 무겁게 생각해서 그런 걸까?

"어, 얼마나…?"

"아~ 얼마나 생각하냐가 그런 뜻이었구나. …으음?"

시마무라가 심각하게 눈썹을 모으고는 턱에 손을 댔다.

"그렇게 철저히 시간을 재거나 세어 본 적은 없는데…."

그 말을 들으니 시마무라가 곤란해 한 이유를 절로 이해하게 되었다. 보통 그런 생각을 명확하게 구별 짓고 그러진 않는다. 나는 계속 생각하니까 쉽게 알 수 있지만, 시마무라는 그렇지는 않으니까. 사실은 시마무라도 나만큼 생각해 줬으면 하지만, 분명 그렇게는 안 된다.

도넛 가게 앞에 도착해 시마무라가 확인을 하듯이 물었다.

"내가 그렇게 아다치한테 적극적이지 않은 것처럼 보여?"

보여. 그런 말이 나오려는 걸 꾹 참았지만, 시마무라에게 그런 감정이 전달된 듯했다.

"그럼 안 되겠네. 반성했어. 정말 크게 반성했어."

이렇듯 담담하게 책을 읽듯이 말하는 이 모습이 더욱 그런 생각을 조장한다는 걸 본인은 눈치채지 못하는 걸까. 하지만 그런 면이 시마무라다운 건지도 모른다고 생각하니 이건 말기 증상인 걸까?

"그러진, 않아도 돼."

절레절레절레, 고개를 가로저었다. 여러모로 생각해 주고 있다는 건 잘 안다.

"음… 좋아. 잠깐 앉을까?"

시마무라가 도넛 가게 안을 살짝 가리켰다. 창문 너머의 밝은 공간에서는 달콤한 향기와 함께 중화풍의 냄새도 났다. 낮에는 가게 안에서 먹을 수 있는 그런 음식도 내놓는 모양이었다. 보통 낮에는 오지 않으니 이런 모습은 처음 보는 건지도 모른다.

시마무라는 여기서 먹을 음식과는 별개로 도넛을 세 개 정도 샀다. 여동생과 그 이상한 생물한테 주려고 그런 거겠지. 그걸 건네받고 시마무라는 뭔가 생각이 났다는 듯이 "아." 하고 말하며 나를 돌아보았다.

"왜, 왜 그래?"

"크리스마스 선물을 깜빡하고 준비 안 했어."

작년엔 준비했는데. 시마무라가 미안하다는 듯이 웃으며 시선을 돌렸다.

"나, 나도 준비 안 했어…."

옷을 생각하느라 머릿속이 가득 차서 나도 잊어버리고 말았다.

"그럼 딱 좋네."

"조, 좋은가?"

"이거 먹고 같이 사러 갈까?"

"으, 응."

할 일이 생겨서 오히려 서로 잘됐을지도 모른다. 시마무라는 항상 뭘 하면 좋을지 곤란해 보였으니까. 그래도 같이 있고 싶다고 생각하니, 그게 이른바 호의라는 것의 정체인지도 모른다.

서로 트레이를 들고 빈자리를 찾았다. 평소에도 많지만 오늘은 더욱 손님이 많았다. 가족 동반이 많은 듯, 아이들의 높다란 소리가 여기저기에서 들려왔다. 그 틈새를 비집고 이동해서 간신히 발견한 창가 자리를 확보할 수 있었다.

비상구 옆으로 팔꿈치와 어깨에서 틈새 바람이 느껴졌다. 왜 비어 있었는지 잘 알 수 있는 곳이었다.

하지만 나는 이미 손바닥이나 뺨이 달아올랐으니 차가운 바람을 쐬는 정도가 딱 좋을지도 모른다.

"물론 아다치는 좋아해."

자리에 앉자 시마무라가 마치 물이라도 마시는 듯이 사랑을 전달했다.

"그, 그, 그렇구나."

평정심을 유지하며 한마디로 대답하려고 했는데, 두 번이나 말을 더듬거렸다.

"하지만 그 마음이 잘 전해지지 않는다면 나도 개선해야겠네?"

"어어, 자, 잘 부탁할게…?"

나쁜 이야기가 아닌 듯해서 어중간하게 부탁하는 형태가 되고 말았다. "응." 하고 시마무라는 가볍게 고개를 끄덕인 다음 도넛을 손에 들었다. 그리고 돌출되어 굳어 있는 초콜릿을 잘라 그것만 입에 넣었다. 그 달콤함에 만족한 듯, 시마무라는 조용히 입매를 누그러뜨렸다.

그 부드러운 입매를 바라보고 있자니, 내 쪽의 입매 또한 무너지듯이 벌어졌다.

“나는, 시마무라가 사라지면 도저히 살아갈 수 없을 거란 생각이 들 정도로… 니까.”

기세가 부족해서 목소리에 흐늘흐늘한 음성이 뒤섞였다.

“열렬한 말을 해 주는데 미안하지만, 마지막은 잘 안 들렸어.”

시마무라는 가차 없다. 응? 응? 하고 커다란 눈동자와 산뜻한 미소로 나를 압박했다.

“심술궂어.”

“이건, 아다치의 이야기를 잘 들어 두고 싶어서 그런 거야.”

나중에 다시 물어보기 어려울 때도 있으니까. 어째서인지 시마무라가 시선을 돌리면서 중얼거렸다.

“자, 말해 봐. 잘 들을게.”

시마무라가 머리카락을 젖혀 귀를 노출했다. 그리고 귀를 건드리지도 않고 까딱까딱 움직여서 조금 놀랐다. 놀란 감정이 얼굴에 드러났는지 시마무라가 신기하다는 듯이 물었다.

“왜 그래?”

“귀, 움직이는 거… 보기 드문 일 같아서.”

“어? 그런가?”

시마무라가 특별히 신경을 집중하지도 않고 또 귀를 미세하게 움직였다.

“여동생도 가능한데, 이게 드문 일이었구나.”

“아마도.”

“아다치는 못 해?”

못 할 거라고 생각하면서도, 나도 머리카락을 젖히고 귀를 드러냈다. 어떻게 귀에 힘을 넣으면 될까. 머리 뒤까지 쌓인 의식과 힘이 귀까지는 도달할 낌새가 없었다. 힘을 주어도 얼굴이 뜨겁게 달아오를 뿐이었다. 그런 내 모습을 “호오오.” 하고 바라보면서 시마무라가 도넛을 입에 물었다.

“가끔은 아다치한테도 이겨야지.”

도넛의 달콤함도 거들어서인지, 시마무라가 만족스럽게 웃었다.

가끔은… 나는 지금까지 어떤 분야에서 이겼던 걸까? …탁구?

체육관에서 했던 탁구는 꽤 많이 이겼던 기억이 난다. 하지만 그 이외엔… 많은 부분에서 시마무라에게 계속 지기만 했던 것 같다. 하루의 대부분을 시마무라에게 소비하고 있는 시점에 이미 나는 완패가 아닐까?

“얘기가 많이 벗어났네.”

“응.”

“그래서, 아다치는 살아가기 위해 내가 어떻다고?”

먹다 만 도넛을 한 손에 들고 시마무라가 이야기를 다시 되돌렸다. 도망칠 수 없다.

어차피 시마무라와 관련된 일이라면 도망칠 생각이 전혀 없지만.

달콤하고 밝은 공기를 들이쉬었다. 앞니로 깨물 듯이, 그 틈새 사이로.

"조, 좋아하니까…."

"아, 제대로 잘 들었나 봐. 미안해."

생긋 웃는 시마무라를 향해 아랫입술이 삐죽 튀어나오는 느낌이 들었다.

"역시 심술궂어."

"헤헤헤."

웃으며 얼버무리려고 한다. 순간적으로 순진함이 드러나는 그 웃음에 홀딱 속아 넘어가 버릴 듯했다. 그런 시마무라는 너무 치사하다. 왜일까? 평소엔 사람이 깊이 들어오지 못하게 막는 시마무라의 중심을 엿본 듯한 기분이 들어서 마음을 빼앗기게 되는 걸까?

"그런데 이것도 익숙해진다고 해야 하나?"

시마무라가 주변을 둘러보면서 작게 웃음을 흘렸다.

"좋아한다라. 응, 응."

"왜, 왜 그렇게 고개를 끄덕여?"

"아니. 나도 있지, 아다치의 사랑을 의심하진 않아."

피가 술렁이는 느낌이 들었다.

"뭐라고 하면 될까. 예쁘고 빨갛고 둥근 뭔가를 다 드러내는 느낌이 들거든."

"빨간…."

나는 매번 피라도 흘리는 걸까?

그럴지도 모른다.

항상 피처럼 분출된 영혼이 나를 휘젓는 듯한 기분이 강렬하게 들었으니까.

하지만.

"하지만 시마무라는 내가 사라져도 살아가게 될 테니까… 잠겨 들어…."

"잠겨 들어?"

그렇게 표현할 수밖에 없는 기분이었다. 자신이 원을 그리고 바닥으로 잠겨 들어가는 듯한, 그런 감각이다. 나에게 있어선 시마무라가 세계의 모든 것을 구성하고 있기 때문이라 생각한다.

그 시마무라와 확실한 단절이 있다면 나는 잠겨 들어가는 수밖에 없다.

똑바르고 평탄한 지면에서 살아갈 수는 없었다.

"흠."

시마무라는 일단 반응은 해 봤다는 듯한 느낌이었다. 하지만 곧장 말을 이었다.

"그럴지도 모르겠네."

안이하게 꾸미려 하지 않고 시마무라는 솔직한 대답을 해 주었다.

"사이가 좋은 친구가 옛날에는 정말 많이 있었는데, 지금은 만나지 않아도 아무렇지 않게 하루하루를 지내고 있어. 어쩌면 아다치하고도 그렇게 될지 몰라."

지금은 아무것도 쥐고 있지 않은 오른손을 천천히 들어 올렸다.

손끝으로 공중을 천천히 쥐고는 펼치려 하다가.

다시 한번 꽉 쥐었다.

"그러니까 사라지지 않도록 열심히… 그래, 성가시다고 생각하지 않도록 노력해야 해."

"성가셔?"

"응. 상대를 어떻게 생각하는가, 상대와 어떻게 지내고 싶은가… 그런 걸 적당히 타협하려 하지 말고, 놓치지 않도록 노력해야 해. 서로 익숙해지면 습관처럼 되어 버려서, 서서히 약해져 가도 눈치채지 못하는 법이니까."

그건 아주 쓸쓸한 일이라고 시마무라가 말했다.

그런 시마무라가 조금 웃었는데, 이미 그 모습이 쓸쓸해 보였다.

분명 그런 경험을 떠올리고 있는 거겠지.

나는 그런 시마무라를 보면서 생각했다.

자신은 이런 식으로 시마무라가 기억을 다시 떠올리는 대상이 되고 싶지 않다고. 절대로. 그렇게는 되고 싶지 않다.

그러니까, 지금을.

이 마음이 나를 움직이게 만든다. 언제나 그랬고, 분명 앞으로도 달리겠지.

시마무라와 나 사이에는 그런 힘이 작용한다.

시마무라의 손을 잡았다. 두 손 모두. 꽉 잡았다.

그러자 시마무라는 눈을 휘둥그렇게 떴다. 그리고 못 말린다는 듯이 웃는다.

연상처럼, 키 차이가 역전된 것처럼 착각하게 만드는 평소의 그런 웃음이었다.

"있지, 둥글어져서 불편한데."

아무것도 할 수 없다며 시마무라가 우리의 팔을 위아래로 흔들었다. 정면에서 마주 볼 수 있어서, 나로서는 그것만으로도 꽤 만족스럽지만 분명히 아무것도 할 수 없었다.

나는 또 뭔가 잘못을 했다는 기분에 휩싸였다.

하지만 아무것도 안 했으면 시마무라의 손이 조금 차가워졌다는 사실도 알 수 없었을 테니… 그러니까 잘 한 일이라고 생각하기로 했다.

"이, 일단 지금 할 수 있는 일을… 해 봤어."

지금 할 수 있는 일은 지금 하고, 나중에 할 수 있는 일은 나중에 한다. 그런 생각으로 머리가 가득, 가득했다.

그게 가능한 내일이 있다는 것만 해도 고맙다는 생각이 들었다.

시마무라와의 내일이.

"…아다치는 정말 지금을 살아간다는 느낌이 들어."

"그, 그런가?"

그렇게 멋진 말에 어울리는 삶을 살고 있을까?

그런데 분명 나한테는 추억이란 요소가 거의 결여되어 있다.

그리고 나에게는 지금의 시마무라밖에 없다. 적어도 지금 이 순간에는.

1년 전은 아직 잘 기억하고 있어서 그곳에 존재한다. 그러니까 옛날이 아니다.

나는 언젠가 시마무라와 과거를 함께 보낼 수 있을까.

"그렇게 딱 맺고 끊는 점은."

시마무라가 뭔가 말을 하려고 했다. 하지만 일단 눈을 감고.

"싫어하지 않는다고 말하려고 했는데, 응, 이런 것일까?"

뭔가를 되돌아보듯이 중얼거린 후, 시마무라는 내 눈을 들여다보듯이 앞을 똑바로 보고.

"좋아해, 아다치."

그렇게 말한 다음.

하하하, 라고 하더니, 시마무라가 누가 봐도 쑥스러운 표정을 지으며 시선을 피했다.

말보다도 그런 시마무라의 반응에 눈과 마음이 이끌려 정신이 멍해지려고 했다.

"아."

갑자기 되돌아온 시마무라의 눈이 휘둥그레졌다.

"아다치 사쿠라 같은 얼굴이 됐어."

"어? 그게 어떤 얼굴인데?"

이해가 안 돼서 확인하자, 내가 놓았던 시마무라의 손이 나에게로 뻗어 왔다.

시마무라의 손가락은 이미 충분히 나를 녹일 정도로 뜨거웠다.

"귀랑…."

시마무라가 귀를 잡고는 이어서 뺨을 찔렀다.

"여기가 네 이름 사쿠라랑 같은 벚꽃색이야."

활짝, 정말로 즐겁다는 듯이.

시마무라가 웃었다.

지적을 받은 나에게는 틀림없이 벚꽃 폭풍이 불어닥친 거겠지.

보너스 '아다치와 시마무라와 크리스마스'

"예이~! 데이트 안 할래?"

[뭐?]

"그럼 파뤼하자."

[머리랑 일본어 중에 뭐가 이상하다고 생각해?]

"어머, 실례네."

조금 생각했다.

"굳이 따지자면 일본어가 아닐까 생각해."

[그래? 정말?]

"데이트도 파뤼도 영어지만."

[시끄러워.]

딸이랑 똑같은 반응을 보여서 무심코 웃고 말았다.

난방의 열풍이 뻗고 있는 다리에 닿아 근질근질해서 통화를 하며 긁었다.

[그런데 무슨 이야기인지 하나도 모르겠는데.]

"아~ 우리 집은 매년 크리스마스가 되면 조금 호화로운 식사를 하거든."

[그래? 멋지네.]

"안 올래? 초대하는 거야."

[뭐어?]

"물론 호화로운 저녁은 내가 만들어."

굉장하지? 하고 자랑했다. 남편도 딸들도 그런 점을 잘 말해 주지 않으니, 이번엔 크게 칭찬을 받으려고 확실하게 말해 두었다.

호게츠한테 아다치의 엄마에 관해 이야기해 주는 건 완전히 잊어버리고 있었지만, 오늘 겸사겸사 이야기하면 되겠지. 그런데 굉장하다는 말은 아직인가 싶어 기다리는데, 아다치네 엄마의 목소리는 더욱 낮아졌다.

[당신 말이죠.]

"나 말이지?"

[바보네요.]

"그런가?"

[내가 왜 남의 집 크리스마스 파티에 가야 하는데?]

"미국에서는 평범한 일이야."

미국에 대해서 잘 모르지만. 하지만 밥이나 존이 활기차게 파티하는 인상밖에는 없었다.

"게다가 넌 혼자가 아니야."

[당신은 필요 없어.]

읽혔다.

"내가 아냐."

[그건 기쁘긴 하지만 따로 사람이 없잖아?]

"아다치."

이름을 꺼내자… 이름이 아니라 성이지만, 아다치네 엄마의 목소리가 끊어졌다. 숨은 어쩌고 있을까.

이야기를 하기까지 기다리며 크게 기지개를 켰다. 울렁이는 이상한 목소리가 새어 나와 상대한테도 전달되었겠지.

[그게 무슨 말이야?]

"우리 딸이 댁의 딸이랑 지금 외출했거든."

[아, 그건… 응, 알아.]

"외출한 다음 우리 집에서 저녁 먹자고 하며 같이 돌아올 거야… 아마도."

[아마도?]

"확정된 건 아니지만, 오지 않을까 하고 생각해."

우리 딸은 의외로 사람을 잘 초대하는 편이다. 그렇다기보다는 왠지 모르게 이야기가 잘 진행된다.

다른 사람들이 호감을 품게 만드는 뭔가가 있을지도 모른다. 멍~한 아이인데.

…멍한 점 이외에는 엄마를 닮았어. 멍한 점은 남편 탓으로 돌리자.

[딸이 온다니 더 가고 싶은 마음이 가셨어.]

"어째서?"

[…당신은 눈치 같은 게 없는 거야?]

"아, 사이가 나빴다고 했던가? 그럼 이걸 계기로 사이좋게 지내면 되지."

달려서 부엌으로 가려고 눈앞을 가로지르는 빛나는 생물의 목덜미를 붙잡았다.

"우와아~"

[…당신 정말.]

큰 한숨이 들려왔다.

"아다치가 우리 집에 와도 남의 집이라 서먹서먹할 테니 엄마도 와 줘."

[내가 있다고 사쿠라의 아군이 되진….]

"어? 편 안 들어 줄 거야? 나쁜 사람?"

[너무 극단적이잖아. 그게 아니라… 아니지. 당신한텐 이야기하고 싶지도 않은데.]

"일단은 한 번, 억지로라도 웃으면서 손을 잡아 줘 봐. 웃는 얼굴에 익숙해져야지."

[무리야.]

"무리라도 억지로 해 보라고 하잖아."

일단 한 번 해 보면 더는 무리가 아니게 되니 하라고 강요했다.

"딸이랑 크리스마스를 보내는 건데 뭐 어때? 아주 올바른 일이야."

하지만 아다치와 그 엄마가 단둘이 있으면 틀림없이 분위기가 어색해진다.

"그 윤활유 역할을 내가 나서서 해 준다잖아."

[…………………….]

"너무~ 다정해~ 플렉시블~"

[스스로 그런 말을 하면 즐거워?]

"의외로. 시험 삼아 한번 해 보지?"

쉽게 긍정적이 될 수도 있으니까.

"그리고, 아무 일이 벌어지지 않아도 괜찮지 않아? 추억이 된다면."

앞으로, 저 미래의 시간 너머. 그 시간 속에서 살아갈 때, 문득 떠올릴 수 있으면 그걸로 충분하다.

그런 게 제일 중요하지 않을까.

[…당신은 단언하는데 절대 친절한 게 아니고, 참견쟁이도 아니고, 그냥 제멋대로야.]

"음~ 글쎄~"

분명히 친절한 마음으로 제안한 건 아니다. 즐거운 사람이 많으면 틀림없이 즐겁다.

그런 생각으로 움직였다.

"남편도 같이 데려와도 괜찮아."

말해 놓고 생각해 보니, 식탁 앞에 다 앉을 수 있을지 아무래도 의심스러웠다.

이런 애도 있고. 그런 생각을 하며 붙잡은 아이를 좌우로 흔들었다. 본인은 공중에 떠올라 즐거운 모양이었다.

[난 남편 없어.]

"아, 그랬어? 실례."

[실례까진… 정말 내가 가야 해?]

"나한테 물어봐선 곤란하지."

[거부하기도 귀찮으니 당신이 정해. 아니, 정말로 생각하기 귀찮아졌어.]

"오라면 와~!"

헤이헤이, 하면서 부추겼다. 무슨 말 하는지 알 리가 없겠지만 빛나는 아이도 헤이, 라고 하면서 흉내 냈다.

[하아…. 좋아, 가면 되는 거지?]

"기왕이면 더 적극적으로 와. 분명 즐거울 테니까. 나는."

[당신은 혼자서 뭘 해도 즐거울 것 같아.]

"그럴 리가. 오히려 꽤 외로움을 잘 타는 편이려나?"

[아, 그래?]

"그러니까 와. 7시 정도에 먹기 시작할 테니까."

[네네….]

할 말은 다 했으니 전화를 끊으려 하는데, 저편에서 아직도 한숨이 들려왔다.

"어머, 무슨 일인데?"

[왜 당신한테 전화번호를 알려 줬나 싶어서 후회하는 중이야.]

"예~이. 많이 후회해."

아하하하, 하고 웃었더니 전화를 끊어 버렸다. 아~ 즐거웠어.

아다치와는 또 다른 차가운 면이 재미있었다.

"이제 시마무라 씨가 돌아올 즈음이네요~"

붙잡고 있었던 아이가 그런 소릴 하면서 현관 쪽을 바라보았다.

"어? 그러니?"

"도넛 향기가 납니다."

"음~~ 전혀 모르겠어."

모르겠지만 다른 사람에게만 보이는 것도 있다.

나와 아다치네 엄마가 느끼는 감정은 완전히 다르고, 서로 다른 경치가 보이는 것처럼.

모르기에 다른 사람이 필요하다.

그래서 붙잡은 채로 같이 현관으로 가 보았다.

"오."

똑똑. 평소처럼 돌아왔다고 알리는 노크 소리가 들렸다.

그 옆에는 틀림없이 평소처럼 사이가 좋은 사람의 그림자가 나란히 서 있겠지.

"어머니는 산타이신가요?"

"응?"

"아다치 씨에게 아다치 어머니를 선물하셨군요?"

빛나는 아이가 분주하게 움직이면서 그런 소리를 했다.

"오호라, 그렇구나."

듣고 보니 뭔가 멋진 말 같은데?

"가끔은 멋진 소리도 하네? 식객 아동."

"저는 대박 좋은 녀석이니까요."

그런 깜짝 선물을 준비하면서 두 사람을 맞이했다.

"어서 오렴. 우리 딸들."

귀찮아서 둘 다 딸이라고 하고 말았다.

5장 '맺고 끊지 않은 관계니까요.'

"저어, 저는."

"뭐 어떠니? 딸이라도 괜찮잖아."

우리를 맞이한 엄마가 갑자기 아다치까지 딸로 인정했다. 나야 어쨌든 아다치는 어안이 벙벙한 모습이다.

나는 신발을 벗으면서 직전까지 서로 잡고 있던 손에 남아 있는 아다치의 열기를 생각했다.

"너도 괜찮지?"

"뭐~? 글쎄?"

대충 대답했다. 아다치가 시마무라 집안의 딸…이 되면, 뭐가 어떻게 되는 걸까. 일단은 여자 연인 관계는 해소… 하면 될까? 아니면 그대로? 그대로라도 특별히 문제는 없을 듯한 기분이 든다. 자매인데 연인이어선 그것도 약간 복잡하긴 하지만 새삼스럽게 신경 쓸 일인가 싶다.

다만, 여동생과 아다치가 자매가 되어 사이좋게 지내는 모습은 상상이 가지 않았다. 둘 다 구멍 안으로 쏙 들어가 버릴 듯한 인상이니까. 단, 내가 언니고 아다치가 동생이 되리란 것은 확실했다.

"너도 딸로 삼아 줄게."

"원래부터야."

"얘도 참~ 알고 있어~"

등을 손톱 끝으로 밀었다. 돌아와 보니 오늘은 30퍼센트 증가였다.

"평소보다 30퍼센트 더 짜증 나."

"참~ 무슨 소릴 그렇게 하니?"

안 그래? 엄마가 목덜미를 잡고 있던 야시로에게 동의를 구했다. 야시로는 팔다리를 공중에서 파닥파닥 흔들면서 확실하게 도넛이 들어간 봉투를 바라보고 있었다. 알기 쉬운 아이야.

"저어, 실례합니다."

신발을 벗어 가지런히 놓은 아다치가 머뭇거리며 고개를 숙였다.

중간에 잘 이해하기 힘든 대화가 이어져서 그런지, 약간 붕 떠 버린 느낌마저 드는 인사였다.

"그래, 어서 와. 사양하지 말고 재미있게 놀다 가렴."

아다치한테는 꽤 진중한 말을 썼다. 그리고 엄마는 아다치의 복장을 눈치챘다.

"어머, 멋진 옷인걸?"

"이건, 사실, 시마무라가 기뻐하지 않을까 해서…."

아다치가 눈을 돌리면서 아무렇지 않게 문제 발언을 흘렸다. 이래선 나한테 불똥이 튄다.

엄마의 노골적인 시선이 나를 포착했다.

"정말~? 너한테 그런 취미가 있었어?"

"취미라니."

"나도 많이 좋아해, 아다치!"

예~이, 라고 하더니 호쾌하게 엄지를 치켜들었다. 아다치는 어떻게 반응하면 좋을지 곤란하다는 듯이 시선을 나에게로 돌렸다. 나도 어쩌면 좋을지 모르겠다. 모르니까, 따라 했다.

"예~이!"

엄지를 세우고 아다치를 향해 내밀었다. 엄지에 포위되어 아다치가 더욱 어쩔 줄을 몰라 했다. 조금씩 뒤로 물러서는 아다치에게 서서히 거리를 좁히는 모녀와 플러스 한 마리. 벽까지 아다치를 몰아붙였지만, 특별히 할 일도 없어서. 어쩌면 좋나 싶어 내 엄지까지 당황한 순간에.

"준비해야겠네."

휙, 하고 야시로를 놓아주더니 엄마가 부엌으로 갔다. 질린 모양이다. 내던져진 야시로가 타악, 하고 착지한 다음 도넛 봉투 주변을 어슬렁거리기 시작했다. 고양이 같은 행동을 하는 사자다. 당장이라도 달려들어 빼앗을 듯한 사자를 피하면서, 복도 안쪽에서 여길 엿보는 사람을 발견하고 손짓을 했다. 작은 그 사람은 망설이면서도 우리를 향해 다가왔다.

아다치가 엄마를 만났을 때와는 또 다른 모습으로 흠칫거렸다.

"아, 안녕."

아다치가 머뭇거리면서 여동생에게 인사했다. 여동생은 가족

이외의 사람에게는 낯을 가리는 성격을 고스란히 얼굴에 드러내면서 "안녕하세요."라고 조용하게 인사했다.

"안녕하십니까, 입니다~!"

덤은 만사태평 그 자체로 누가 상대든 변하지 않는다. 그리고 아직도 내가 가지고 돌아온 봉투에 눈이 가 있었다. 봉투를 오른손으로 옮기면 오른쪽으로, 왼손으로 옮기면 왼쪽으로, 시선이 이끌려 이리저리 움직였다.

"호잇, 호~잇."

조금 재미있어져서 좌우로 마구 움직였다. 그에 맞춰 움직일 때마다 머리의 나비가 하늘거려서 나비의 비늘 같은 물질이 궤도를 그렸다. 예쁘지만 계속 이리저리 움직일 것 같아서 그만 괴롭히고 봉투를 건네주었다.

"와아~아!"

"여동생 몫도 있으니까 사이좋게 나눠 먹어."

"네네~!"

봉투를 들고 타다닥, 하고 야시로가 달려갔다. 여동생은 나와 아다치를 번갈아 보더니, 조금 망설이는 듯한 동작을 보이면서도 야시로의 뒤를 쫓아갔다. 그 모습을 지켜보다가 분위기가 진정된 상황을 확인한 다음 숨을 한 번 내쉬었다. 복도의 공기는 소란스러움과는 달리 차갑게 식어 있어 목을 진정시켰다.

"미안해. 우리 집 어수선해서."

"아, 아냐."

아마도 아다치네 집에는 이렇게 많은 발소리가 들리지 않겠지.

아다치가 원하는 분위기가 아니란 걸 알면서 집으로 초대했으니 조금 미안했다.

하지만 아다치의 바람이 세계의 모든 것은 아니다. 나에게는 내가 보는 세계가 있다.

그 세계에는 아다치도, 다른 사람도 필요했다.

부엌을 들여다보니 엄마가 준비한 다양한 요리가 테이블을 가득 채우고 있었다. 어린이랑 엄마 자신이 좋아할 만한 요리뿐이었다.

"야치~ 간식은 밥 먹은 다음에 먹어야 돼."

"그런가요~?"

"안 그러면 밥을… 야치~는 전부 다 먹겠지만."

그러면 안 돼~ 라고 하며 언니인 체하는 여동생이 조금 우스웠다. 두 사람은 사이좋게 나란히 앉아 있었다. 나랑 아다치도 분명 나란히 앉겠지. 빈 의자에 아다치는 왼쪽, 나는 오른쪽에 앉았다.

반대로 앉았다간 음식을 먹다가 서로 팔이 부딪친다는 걸 수학여행 때 배우게 됐다.

앉으니 향기로운 냄새가 단숨에 코를 향해 다가왔다. 그 후에는 난방의 열이 코를 뒤덮었다.

"…어?"

전부 다 앉아도 의자가 하나 남았다. 누가 앉을 곳이지? 하고 확인하기도 전에 아빠도 들어왔다.

"이런이런. 다들 여자들뿐이라 아빠는 몸을 어디다 둬야 할지 모르겠어."

하하하, 하고 비어 있던 컵을 들고 아빠가 난처하다는 듯이 웃었다.

"그럼 제가 친구가 되어 드리지요."

번쩍, 하고 야시로가 손을 들었다. 이미 한쪽 손으로는 플라스틱 포크를 쥐고 있었다.

"와아, 넌 참 착한 아이구나?"

"대박 좋은 녀석이니까요."

"…그런데 어디 집 아이일까? 항상 우리 집에 있는 것 같은데."

"옆쪽에서 왔습니다."

아무도 받아들이지 않을 듯한 그 설정은 뭐야?

"옆? 옆이라. 음, 옆… 옆? 으음, 그래, 옆이구나."

이런 말을 받아들이는 면을 보니, 절로 혈연이라는 것이 느껴졌다.

"저어, 실례하고 있습니다."

아다치가 기회를 봐서 조심스럽게 인사했다. 우리 아빠랑 평범하게 대화해 보기는 이게 처음 아닐까? 아빠는 평소처럼 온화한 목소리와 태도로 "그래." 하고 대답해 주었다.

"호게츠의 친구니?"

"네, 네에, 맞습니다."

아다치가 조금 마음에 걸리는 듯하면서도 질문을 긍정했다. 연인이라고 정정했다면 즐거운 크리스마스가 어떻게 방향을 전환했을까. 치킨을 한 손에 들고 가족회의가 시작됐을지도 모른다.

"응? 어라…? 아하, 전에 밖에서 봤던 아이구나."

차이나드레스를 보고 기억이 난 듯했다. 아다치가 끄덕끄덕 고개를 끄덕이자 아빠는 "으~음." 하고 말하더니.

"젊음은 참 좋아. 행동에 제약이 없어서."

아다치의 복장에 관해 매우 긍정적으로 해석을 했다.

"나도 행동이 이상하단 소릴 들으니, 젊다고 해석해도 될까?"

"어? 으응."

엄마의 반응에 아빠가 건성으로 내놓은 대답은 무언가의 표본으로 삼아도 될 정도로 공허했다.

"응. 이상하네… 이상해."

아빠가 작게 덧붙인 말이 다양한 감정을 말해 주고 있었다. 그리고 특별히 옹호해 주는 사람은 아무도 없었다.

"그럴 때는 말이야, 하다못해 호쾌하다는 표현을 해 주는 게….”

엄마가 무슨 말을 하는 중에 초인종이 울려 방문객이 왔다는 사실을 알렸다. 택배일까? 소리를 쫓아가듯이 천장을 바라보는데.

“와, 왔구나. 왔나 봐.”

“뭐가?”

“너랑 똑같이.”

엄마가 기쁘게 자리에서 일어섰다.

“내 친구가 왔어.”

“어? 누군데?”

누구야? 누구? 아빠에게 눈으로 물었다. 아빠는 모른다고 말하듯이 눈으로 엄마를 좇았다. 엄마는 친구가 많은 편이긴 하지만 집안 크리스마스 파티에 굳이 부를 정도의 사이라니, 가족인 우리도 짚이는 사람이 없었다.

“어머어머.” 하고 웃으면서 엄마는 잔뜩 들떠서는 현관으로 달려갔다. 그리고.

“스페셜 게스트가 왔습니다~”

“어…?!”

나와 아다치, 누구의 입에서 그 놀라는 반응이 새어 나왔을까.

우리 어머님이 데리고 온 사람은 아다치네 엄마였다. 아다치네 엄마의 팔을 꽉 붙잡고 싫어하는 사람을 억지로 끌고 온 듯한 모습이었다. 아다치네 엄마는 찡그린 얼굴이었는데, 아다치를 보자 더욱 떨떠름한 표정을 지었다. 아다치는 너무 예상외의 등장이었는지, 아직 제대로 된 반응도 보이지 못했다.

"어, 어떻게 된 거야?"

굳어 있는 아다치 대신 물어봤다.

"친구라니까."

"언제부터?"

"어제."

엄마는 여기에 앉으라며 아다치네 엄마를 자신의 자리로 불렀다. 아다치네 엄마는 "코트 정도는 벗게 해 줘."라고 말했다.

"혹시 아다치 옆자리가 좋아?"

"어?!"

이번엔 명백히 아다치의 목소리였다. 잔뜩 상기되어 받아들이기 힘들다는 듯한 목소리였다.

그 소리마저 바라보는 듯한 아다치네 엄마의 시선에는 반짝임이 없었다.

아다치네 엄마는 벗은 코트를 접으면서 작게 숨을 내쉬었다.

"그러지 않아도 돼."

"그래~? 그럼 맞은편이면 될까."

자자, 어서. 의자의 등받이를 두드리면서 엄마가 어린아이처럼 재촉했다. 아다치네 엄마는 눈을 감듯이 난처한 표정을 짓더니 “짜증 나.”라고 중얼거리며 자리에 앉았다.
서로의 엄마가 테이블을 사이에 두고 나란히 앉았다.
이게 무슨 농담인가 싶은 상황이었다.
어떻게 만났는지는 대충 알 듯했다. 피트니스 센터였겠지. 과정은 모르겠지만 알게 된 모양이었다. 조금 전까지 그런 말은 듣지 못했지만. 그 아다치네 엄마가 우리 아빠한테 살짝 고개를 숙여 인사했다.
“실례해서 죄송합니다.”
“아니요, 아니요. 어~ 이 아이의 어머니 되시나요?”
아빠가 아다치를 보면서 확인했다. 감도는 분위기, 얼굴 등 모든 면이 닮았으니 판단하기 쉬웠겠지. “네.” 하고 아다치네 엄마가 짧게 대답했다. 아다치는 잔뜩 움츠러들어 있었다.
강아지 같은 평소의 아다치이기도 하다.
“같은 피트니스 센터에 다녀. 이름은~ 그러니까~ 사쿠라였던가?”
“그건 딸.”
저쪽, 하고 아다치네 엄마가 딸을 가리켰다. 아다치는 고개를 숙이고 눈도 마주치지 않았다.
“맞아, 그랬어. 그러면~ 아다치네 엄마.”
“이제 그만 됐어.”
시끄러워, 입 다물어, 라는 뜻을 품위 있게 전달했다. 물론 그 정도로 입을 다물 엄마가 아니다.

그건 그렇다 치고, 아다치네 엄마와 눈이 마주쳤다. 방이 따뜻해서 그런지 벽이 마치 사우나의 벽처럼 보였다.

"오랜만이네."

"안녕하세요."

어색하게 인사했다. 설마 이렇게 만나게 될 거라고는 생각하지 못했다.

그 대화를 옆에서 본 아다치가 어떻게 된 일이냐고 눈짓으로 물으며 나에게 대답을 요구했다.

"전에 조금."

"별일 아니야."

둘이서 같이 애매모호하게 대답하니 마치 변명처럼 들렸다. 실제로는 정말로 별일 아니지만 아다치는 받아들이기 힘들다는 듯이 눈이 흔들렸다.

"또 다음에 이야기해 줄게."

더 해 줄 이야기도 없지만, 그렇게 나중으로 미뤘다.

하지만 설명을 해 주긴 어렵다. 조금 오기를 부리며 사우나에 같이 들어갔을 뿐이니까.

"저는 스페셜이 아닙니까?"

"야치~는 항상 있잖아."

"그것도 그렇군요."

와하하하. 저쪽에선 어린이들이 즐겁게 대화를 나누고 있었다. 그리고 아빠도 그 모습을 흐뭇하게 바라보았다. 한 사람이 정체를 모르는 우주인인 듯한 생물이라는 점을 잊는다면 마음이 따뜻해지는 광경이기는 했다.

"이거 먹어 봐. 내가 만들었어."

엄마가 아다치네 엄마한테 이것저것 요리를 권했다. 아다치네 엄마는 무슨 말을 하고 싶은 것처럼 곁눈질로 엄마를 봤지만 "잘 먹을게." 하고 선의를 받아들였다. 아다치네 엄마는 딸과 마찬가지로 왼손으로 젓가락을 잡았다. 앉은 위치 탓에 엄마의 팔꿈치와 툭툭 부딪쳤다. 엄마는 그것마저도 즐기고 있는 듯했다. 우리 엄마는 항상 밝지만 오늘은 더욱 밝은 모습이었다. 아다치네 엄마가 그렇게나 마음에 든 걸까. 아다치네 엄마는 계속 차가운 태도를 유지했지만, 거절하지는 않고 어울려는 주고 있었다. …어울려 주고 있다… 친구 이상의 연인이라거나? 잠시 훌쩍 떠오른 농담은 하하하, 설마, 하고 반쯤 웃으며 넘기고 옆의 아다치를 슬쩍 바라보았다. 하하하. 생각해 보면 서로의 딸은 그 설마 하는 일로 연결된 관계였다. …하하하.

무서워서 깊게 생각하지 않기로 했다.

"맛이 진해."

엄마의 요리를 먹고 나온 감상은 일단 그거였다.

"당신 성격 같은 맛이네."

"몸에 스며들지?"

"목이 말라."

"자, 물."

"……………………하아."

전부 흡수해 버려 어떤 비아냥도 통하지 않는 엄마를 보고 포기했는지 아다치네 엄마가 의자 옆에 놓아두었던 그걸 손에 들었다.

"아무것도 안 가지고 오면 미안하니 일단 가지고 왔어."

"뭐야. 생각보다 좋은 사람이잖아."

하하하. 엄마가 기세 좋게 아다치네 엄마의 어깨를 두드렸다. 아다치네 엄마의 미간에 생긴 주름이 여러 사실을 알려 주었다.

"뭐 준비했어? 베이징 덕?"

"바보 아냐? …앗, 남편분이 계셨지…."

튀어나온 솔직한 험한 말에, 아다치네 엄마는 무심코 입을 막았다. 그리고 아빠를 힐끔 쳐다보았다.

케이크 포장지를 조심스럽게 벗기는 도중이었던 아빠가 그 시선을 눈치채고 "아아." 하고 웃었다.

"괜찮습니다. 대체로 그 말씀대로니까요."

"너무해. 베이징 덕 맛있잖아."

"그런 문제가 아니야."

"먹어 본 적 없지만."

"당신 말이야."

아다치네 엄마가 아주 긴 한숨을 내쉬면서 이마를 손으로 감쌌다. 본인들은 어떨지 모르겠지만, 옆에서 보면 친구라고 해도 충분히 믿을 만한 사이처럼 보였다. 우리 엄마는 허물이 없어서 그런지 인간관계를 구축하는 능력은 뛰어나다. 뛰어나다고 해야 할지, 엉성해도 억지로 연결 짓는 능력이 특기라고 해야 할지. 아빠는 예전에 그런 엄마를 보고 사람을 휘어잡는 능력이 있다고 평가했다.

"그래, 뭘 가져왔어? 어디 보자."

"술이랑 과자 조금."

"뭐야."

엄마가 순식간에 흥이 깨졌다.

"난 술 하나도 못 해."

못 마셔, 못 마셔, 하고 엄마가 손을 가로저었다. 그러고 보니 집에서 술을 마시는 모습을 본 적이 없다. 아빠는 가끔 누가 선물로 준 캔맥주를 마시기는 한다. 나는 마실 수 있는 체질일까?

별로 바라던 바는 아니지만 엄마를 닮았다고 하는데.

"그렇지만 평소부터~ 계속 취해 있냐는 말이 나오는 언동이니~"

카하하하. 엄마가 웃어넘겼다. 이런 사람을 닮은 거냐, 라는 생각에 얼굴이 잔뜩 굳어 버릴 것 같았다.

아다치는 엄마가 술을 가져올 정도이니, 잘 마시는 체질일지도 모른다.

물론 우리는 이름만 불량 청소년이었기 때문에 술을 마시려고 시도해 본 경험은 없었다.

지금 생각해 보니, 수업을 땡땡이친 정도로는 불량하다고 할 수 없다.

물론 그건 학생 신분으로서는 불량한 짓입니다. 그러지 맙시다.

"뭐 해. 딸한테도 화제 좀 던져 봐."

엄마가 또 아다치네 엄마를 끌어들였다. 어조가 강경해서, 어깨를 붙잡는 듯한 압력이 느껴졌다.

아다치한테까지 닿지 않을까 할 만큼 어깨가 움찔하고 떨렸다.

"그런 건…."

"그러지 말고, 응?"

이번엔 다정하게 재촉하듯이, 말이 부드럽게 의지를 감싸 주었다. 이런 완급 조절이 사람을 휘어잡는 비결일까. 나긋나긋한 엄마를 밀어내지 못해 일방적으로 밀리며 입을 꾹 닫고 있는 그 표정은 아다치랑 똑같았다.

아다치네 엄마가 젓가락과 접시를 식탁에 올려 두고 정면에 앉은 딸을 바라보았다. 눈 가장자리를 실룩거리면서.

한편 아다치도 갑자기 등을 똑바로 세우고 어깨가 사각형이 된 것처럼 자세가 바르게 되었다.

양쪽 모두 잔뜩 긴장한 모습으로, 마치 면접시험 같았다.

"저어, 뭐냐."

아다치네 엄마가 어떤 말을 하면 좋을지 몰라 망설이다 헛기침을 했다. 그리고 "어? 뭐지?" 하고 자신에게 의문을 표현했다. 상대를 어떻게 불러야 할지 말이 튀어나오지 않는 듯했다.

"원고 써 줄까?"

"시끄러워."

아다치네 엄마가 엄마의 말을 물리쳤다. 아무 말 없이 엄마가 나에게 눈짓을 했다. 그 시선은 내가 아다치의 등을 밀어 주라는 의미였다. 어쩌라는 건지.

아다치는 하고 싶은 말은 생각나지 않을 테고, 억지로 말을 시켰다간 상황이 심각해질 수도 있고, 그렇게 해서는 안 된다는 마음도 들었다.

그러니 이럴 때는 어른을 믿는 편이 낫다.

"기다리자."

식탁 아래에서 아다치의 손을 잡으며 딱 그 말만 했다.

아다치는 손끝에 힘을 주어 내 말에 대답을 해 주었다.

그리고 아직도 엄마를 저지하고 있던 아다치네 엄마가 살짝 고개를 숙인 채.

"겨울엔, 더 따뜻한 옷을 입어."

한참을 생각해서 한 말은 따뜻한 대화도 부드러운 애정도 아닌.

어설프기 짝이 없는 걱정이었다.

"응."

아다치의 대답도 그게 전부였다. 내 손을 꼭 쥐면서 힘을 주어 말을 쥐어 짜냈다.

결과부터 이야기하면, 이게 이 모녀가 오늘 나눈 대화의 전부였다.

하지만 그 짧은 대화를 들어서 만족했다는 듯이 엄마는 웃었다.

나는 어떤가 싶어 뺨에 손을 대 보았는데. 보지 않아도 절로 알 수 있었다.

지금까지 거의 말을 안 했던 아다치의 얼굴을 들여다보았다. 아다치는 다른 사람의 대화 시도에 시달리는 자신의 엄마를 가만히 바라보고 있었다. 나 이외의 사람을 보고 있는 아다치는 보기 드물어서, 그런 사실이 조금 쑥스러워서, 그리고 그 진귀한 모습에 이끌려서, 나는 아다치를 계속 바라보았다.

당황하면서도 열기를 띠고 있는 아다치의 눈동자는 과거 그 어느 때보다도 밝게 빛나서 아주 아름다웠다.

"아다치, 즐거워?"

소란스러운 공간에 손가락을 넣듯이 조용히 물어보았다.

“아니, 별로.”

아다치는 꾸미지 않고 솔직한 감상을 흘렸다.

하지만.

“안 즐거워.”

평소보다 조금 따뜻한 목소리가 살짝 흘러나왔다.

9권 끝

◈작가 후기◈

행운과 불행은 꼬아 놓은 새끼처럼 서로 번갈아 가며 찾아온다.

이루마 히토마

아다치와 시마무라

아다치와 시마무라 [9]

2022년 3월 10일 초판 발행

저자 이루마 히토마 | **일러스트** 카네코 시즈에 | **캐릭터 디자인** 논 | **옮긴이** 문기업
발행인 정동훈 | **편집인** 여영아
편집 팀장 황정아 | **편집** 노혜림
발행처 (주)학산문화사 | 서울특별시 동작구 상도로 282 학산빌딩
편집부 02.828.8838(전화), 02.816.6471(팩스) | **영업부** 02.828.8986(전화), 02.828.8890(팩스)
홈페이지 www.haksanpub.co.kr | **등록** 1995년 7월 1일 | **등록번호** 제3-632호

ISBN 979-11-6876-179-7 04830
ISBN 979-11-256-3678-6 (세트)

값 7,000원

천사의 3P! 9

아오야마 사구 지음 | 팅클 일러스트

새로운 학년과 계절을 앞두고
각자가 성장을 위한 한 걸음을 내딛는
로리&팝한 심포니, 제9막!!

봄방학이 되어 라이브하우스에서 단기 아르바이트를 시작한 쿄. 준과 아이들의 밴드 활동에 도움이 될 만한 아이디어를 배우기 위해 힘내자! 라이브를 성공시키려면, 사람들을 끌어 모으려면 어떻게 해야 될까…. 하지만 그곳에서 익힌 노하우를 라이브에 써먹기도 전에 예상치 못한 여러 가지 사건이 일어나는데…?! "저라도 괜찮다면 언제든 써 주세요!" "잠깐, 노조미를 빼고 뭐 하는 거야." "하음… 천사의 사정은, 복잡하답니다." "조금만 더 있으면 히비키는 나만의 것이…." "키류 님, 너무 뻔뻔하게 구시는 게 아닌가 싶은데요…." "또 다른 여자 일에 참견했지!"